ALICE VIEIRA

meia hora para mudar a minha vida

ALICE VIEIRA

meia hora para mudar a minha vida

PeirópoliS

Para ler esta obra com mais autonomia, consulte os
conteúdos complementares disponíveis em
www.editorapeiropolis.com.br/meiahoraparamudaraminhavida

Para ir direto ao glossário, acesse este QR Code.

Prefácio

Talvez você tenha se interessado por este livro a partir do título. *Meia hora para mudar a minha vida* é um verso de Adriana Calcanhotto que ecoa nos nossos ouvidos e na nossa memória aqui no Brasil.

Mas o romance não é português? É sim, e de Alice Vieira, uma das melhores e mais amadas escritoras da língua portuguesa, que, desde 1979, ano em que publicou *Rosa, minha irmã Rosa* em Portugal, faz parte da formação leitora e da vida de milhões de leitores de língua portuguesa.

O livro que você vai ler agora é uma das obras mais sensíveis da autora, e foi escolhido para esta edição porque conversa com o Brasil de uma maneira muito particular.

Nele, Gil Vicente e Adriana Calcanhotto se encontram, e, com eles, também Portugal e Brasil. Para não falar da conjunção de tirar o fôlego entre passado e presente: uma vez que se começa a ler, não dá para parar até chegar ao final. Um feito de Alice Vieira, que agora vamos descobrir juntos.

Gil Vicente é bem nosso conhecido. *Auto da barca do inferno*, *Farsa de Inês Pereira*, *Auto da Índia* e *O velho da horta* constituem parte do repertório que estudamos logo no início do Ensino Médio.

Alice Vieira resolve visitar Gil Vicente no bem menos conhecido *Auto da feira* (dizem alguns estudiosos que terminado em 1524, outros em 1526), em que o autor nos coloca diante de um elenco com várias personagens alegóricas, como Mercúrio, Tempo e Roma.

Gil Vicente não escolheu Mercúrio por acaso. Em 1524 houve um alinhamento de planetas e vários adivinhos fizeram previsões assustadoras, apontando para o final do mundo naquele ano.

Vejamos como Mercúrio se apresenta e inicia a peça:

Pera que me conheçais
e entendais meus partidos,
todos quantos aqui estais
afinai bem os sentidos
mais que nunca, muito mais.

Eu sou estrela do céu,
e depois vos direi qual
e quem me cá decendeu,
e a quê, e todo o al
que me a mi aconteceu.

E porque a estronomia
anda agora mui maneira,
mal sabida e lisonjeira,
eu à honra deste dia
vos direi a verdadeira.

Muitos presumem saber
as operações dos céus,
e que morte hão de morrer,
e o que há de acontecer
aos anjos e a Deos.

E ao mundo e ao diabo!
E que o sabem tem por fé...
E eles, todos em cabo,
terão um cão polo rabo
e nam sabem cujo é.

E cada um, sabe o que monta
nas estrelas que olhou,
e ao moço que mandou,
nam lhe sabe tomar conta
dum vintém que lhe entregou.

Dessa maneira, mestre Gil Vicente começa o auto tranquilizando seu público: o mundo não vai acabar coisa nenhuma, e as previsões catastróficas nada mais são do que suposições mal fundadas de gente que não consegue sequer tomar conta da própria vida. Ainda nesse prólogo, Mercúrio vai citar o astrônomo e matemático português Francisco de Melo, que tratava, naquela época, de tranquilizar a todos com informações científicas bem fundadas, que mostravam que o alinhamento de planetas não iria causar nenhum mal ao mundo e seus habitantes.

Também Alice Vieira não escolheu esse auto vicentino por acaso para contar a história de Branca, uma menina que nasceu e cresceu num teatro onde o *Auto da feira* era representado todas as semanas, a cada domingo, e cujos atores resolveram tomar para si os nomes das personagens. O teatro de nosso romance surgiu pelas mãos do senhor Vicente, que desejava ardentemente ser ator e transformou sua herança no teatro que ficaria num bairro popular da cidade de Lisboa. Uma caixa de livros, parte da herança, contém a chave para a vida futura daquela família: as obras de Gil Vicente estavam ali, como um sinal indicativo de que o repertório começaria pelas obras do grande dramaturgo da Península Ibérica.

Com o passar dos anos, a amável família/trupe teatral se torna ponto de convergência para candidatos a atores e atrizes, e seu teatro o local de encontro entre vizinhos que assistem e participam das apresentações com entusiasmo. Torna-se também parte da vida da mãe da protagonista Branca, que, sozinha e grávida, um dia bate na porta e passa a integrar o elenco e a família.

Nascida em pleno palco, em noite de apresentação de *Auto da feira*, Branca terá uma infância rica e singular. O primeiro encontro com o Brasil se dará pelas canções que Justina, uma das atrizes, ensaia. São sempre canções brasileiras, as preferidas de Justina, que se tornam parte da vida da pequena Branca.

Mais tarde, afastada da família adotiva, Branca encontrará em Talita, uma empregada doméstica, o novo elo de ligação com a afetividade e com o Brasil. Talita traz novas doses de amor e esperança à vida de Branca, e também essa relação vem emoldurada pela música, em especial pelas canções de Adriana Calcanhotto.

Questões muito profundas surgem: bastam mesmo poucos minutos para mudar a nossa vida? As mudanças podem ser para melhor? Por que tudo é tão complicado?

Há encontros entre o teatro medieval e a música contemporânea, com seu material permanente, que atravessa os tempos: nossa humanidade, complexa e ao mesmo tempo maravilhosa.

Na *Feira* de Gil Vicente, Mercúrio diz ao Tempo:

Faço mercador-mor,
ao Tempo, que aqui vem;
e assi o hei por bem,
e não falte comprador,
porque o Tempo tudo tem.

Na Feira elaborada por Alice Vieira, como naquela construída por Gil Vicente há quase quinhentos anos, nada é realmente vendido; tudo é trocado. E as pessoas que comparecem à Feira estão atrás de algo maior, que todos queremos: a Felicidade.

Boa leitura!

Susana Ventura
Professora de Literaturas de Língua Portuguesa e apaixonada por leitura.

Prólogo

— Não tenho estrutura para viver contigo.

Disse ele.

Ela ouviu, claro que ouviu.

Até repetiu a palavra:

— Estrutura...

E sorriu, porque ele nunca utilizava palavras dessas.

Complicadas.

Como se estivesse a ler um discurso.

Ou a falar com o patrão.

Ela ouviu mas não disse nada.

Pensou que ele dizia aquilo por dizer, e que aquelas palavras podiam ser complicadas mas não eram importantes.

Ao princípio, ela também não queria viver com ele.

Ao princípio, a única coisa que ela queria era que ele a abraçasse muito.

Que lhe dissesse que nunca tinha gostado de ninguém como gostava dela.

Que a levasse ao cinema e a deixasse enfiar a cabeça no seu ombro, e chorar muito quando o filme acabava mal, e os heróis eram infelizes para sempre.

Era tão bonito ser infeliz para sempre no cinema.

A música de fundo tinha muitos violinos e harpas, começava muito baixinho, um leve sussurro e nada mais, mas depois crescia, crescia, e entrava no coração das pessoas, e o coração das pessoas ficava muito apertado, e saíam da sala a acreditar no amor eterno que as esperava cá fora.

Mas cá fora esperava-a apenas uma rua cheia de gatos, com os passeios sujos dos restos de comida que as velhas lá punham para eles. E um casarão de paredes cor-de-rosa, mas cinzento por dentro.

Cá fora as vizinhas ficavam do lado de lá dos vidros da janela acenando-lhe, para que ela visse que elas a tinham visto.

Ela não queria pertencer àquelas ruas, àquelas vizinhas, àqueles gatos, àquela vida.

Nem sequer ao casarão cor-de-rosa, sempre tão escuro, com as janelas que não se abriam nunca, e pó acumulado sobre os móveis, os quadros, os tapetes, os mármores, os pais.

Parecia que a casa inteira lhe vigiava os passos, as palavras, os gestos, os silêncios.

— A que horas chegas, Maria Augusta?

— Com quem vais sair, Maria Augusta?

— Com quem estavas ao telefone, Maria Augusta?

— Estás muito calada... Alguma deves ter feito, Maria Augusta!

— Se eu sei que me escondes alguma coisa, Maria Augusta!

Por isso, no dia em que ele entrou na sua vida, ela teve a certeza de que tudo iria ser diferente.

Ele chegava, ela esquecia tudo.

Olhava para ele e nem se sentia cansada.

Sempre tão cansada, sempre com tanto frio.

— Nasceste com sangue fraco... — dizia-lhe a mãe muitas vezes. — Herdaste isso da família do teu pai, claro.

O pai ouvia e não dizia nada.

O pai nunca dizia nada. Metia-se na biblioteca, entre as garrafas de cristal e os charutos, e as pessoas esqueciam-se dele.

E ele esquecia-se das pessoas. Até dela.

E ela olhava para tudo e para todos e esperava que alguma coisa importante rompesse por dentro dos seus dias.

Até que ele apareceu.

Agora ela saía de casa, entrava no café onde ele a esperava, e esquecia tudo.

Conseguia até esquecer a telefonia sempre em altos berros.

E as moscas a passearem nas mesas pouco limpas, porque não havia dinheiro para pagar a empregados.

E o cheiro a aguardente, a rebuçados para a tosse, a bolos da véspera esfarelando-se nas mãos das velhas do bairro.

Esquecia tudo, tudo, tudo.

Mesmo as palavras estranhas que, de repente, ele começou a dizer.

Ela abanava a cabeça e sacudia-as para muito longe.

Eram tão mentirosas, as palavras.

E tão complicadas.

Ela olhava para ele e não pedia mais nada senão as suas mãos no seu cabelo, o cheiro do seu *after-shave* a misturar-se com o cheiro do seu perfume.

Não pedia mais nada senão que ele a levasse para muito longe dali.

Por isso nem ouvia as palavras.

Por muito que ele as repetisse.

Como agora.

Nesta manhã em que ela tem uma coisa muito importante para lhe dizer.

Uma coisa que — ela tem a certeza — o vai fazer muito feliz.

Estavam sentados, como sempre, à mesa do café, a música também como sempre aos berros no rádio sobre o balcão.

Ela tinha pedido a meia de leite, ele não tinha pedido nada, e olhava apenas para a porta e para o balcão e para o teto e para as outras mesas, como se ela nem estivesse na sua frente.

Ela sabe que tem de escolher muito bem as palavras.

Que tem de lhe dizer, antes de mais nada, que talvez ao princípio a vida vá ser difícil, mas...

— Não tenho estrutura para viver contigo.

que tudo se há-de resolver, e que...

— Não tenho estrutura para viver contigo.

o principal é gostarem muito um do outro, e que isso...

— Não tenho estrutura para viver contigo.

resolve todas as dificuldades, ela vai deixar o sonho ("a loucura", diz a mãe) do teatro, e há-de arranjar emprego e...

— Não tenho estrutura para viver contigo.

não importa o que os outros dizem porque...

— O quê??

De repente percebeu que ele estava a falar.

Que, enquanto ela sonhava com as belas palavras que lhe iria dizer antes de lhe dar a grande notícia, ele falava, falava, ele repetia sempre a mesma frase, a mesma estranha, inexplicável, assustadora frase:

— Eu não tenho estrutura para viver contigo.

Só agora ela tinha entendido.

Ficaram ambos em silêncio, olhando-se.

— E isso quer dizer exatamente o quê? — perguntou ela, soletrando as palavras muito baixinho, como se de repente até a sua própria voz lhe metesse medo.

Ele olhou para o teto, para as moscas, para as velhas nas outras mesas, e encolheu os ombros:

— Quer dizer isso mesmo. Que não estou preparado para viver contigo, para ter uma família, para criar responsabilidades.

Outro silêncio.

— Acho que ainda sou muito novo. E tu também és muito nova. E a tua família é muito diferente da minha, nunca me iriam aceitar... Para que arranjar já problemas? Temos é que gozar a vida... conhecer outras pessoas... O meu pai casou aos 40 e ainda foi muito a tempo...

Mais um olhar pelas manchas do teto.

— O meu irmão que vive na Suíça ligou-me. Quer que eu vá para o pé dele. Parece que tem lá um ótimo trabalho para mim. E a gente não pode desperdiçar estas oportunidades, não é?

Esperou que ela respondesse e então lá deixou de olhar para o alto, decidindo-se finalmente a encará-la de frente.

— Não é? — repetiu.

Mas na sua frente havia apenas uma cadeira vazia.

1

Durante muito tempo pensei que me chamava Branca-a-Brava.

Assim exatamente.

Não apenas Branca.

Nem sequer Branquinha, como seria normal, diante de um bebê. Ainda por cima um bebê tão pequeno como eu, nascido fora de tempo.

Nada disso.

Branca-a-Brava.

Como se as duas palavras fossem uma só. Brancabrava.

Branca-a-Brava — porque esse era o nome da minha mãe na noite em que eu decidi aparecer.

E ela estava sempre a dizer que, no fim de tudo, tinha ficado tão tonta, tão fraca, tão a tremer, tão cheia de dores

("mais para lá que para cá")

que nem sequer tinha tido cabeça para escolher outro nome.

— Branca-a-Brava! Viva Branca-a-Brava! — tinham gritado todos, no meio de muitas palmas, quando tudo já estava terminado.

Então ela olhou para mim e só teve forças para repetir:

— Branca-a-Brava...

E foi sempre assim que na Feira nos chamaram às duas.

De cada vez que alguém gritava

(na Feira toda a gente falava aos gritos, como bem se compreende)

— Branca-a-Brava!

logo a minha mãe respondia
— Sim?
e eu em coro
— Sim?
e eles em coro
— A mãe!
ou então
— A filha!

Mas era quase sempre pela minha mãe que eles chamavam.

A mim todos tinham pouca coisa para dizer.

Sempre fui uma pessoa a quem toda a gente sempre teve pouca coisa para dizer.

E, quando queriam que eu cantasse, bastava gritarem:

— A miúda!

Porque a miúda era sempre eu.

Só podia ser eu.

18

Naquele tempo não havia lá mais nenhuma.

Agora não sei.

Quando penso neles — e penso todos os dias — sinto às vezes assim uma espécie de ciúme, quando imagino que possa lá haver agora outra "miúda" como eu.

Gostava de ter sido a única, mas sei que é estúpido pensar assim. Não há pessoas únicas. Sai uma, entra outra, como Justina estava sempre a avisar.

("Se cê tivesse ficado lá, já tava na televisão!" diz Talita, sempre que eu falo nisto.

Talita sonha com a televisão e com o dia em que há-de cantar com a Adriana Calcanhotto.)

Durante muito tempo pensei que era destino das filhas terem sempre o mesmo nome das mães.

Chamei-me assim até ao dia em que Elas voltaram a aparecer e disseram que não podiam esperar mais, e me obrigaram a entrar numa casa onde estavam muitos miúdos iguais a mim, que perguntaram:

— Como é que te chamas?

E eu:

— Branca-a-Brava.

E eles desataram a rir que pareciam doidos.

— Chamas-te como?!

E eu:

— Branca-a-Brava.

E eles rindo, rindo.

E Elas também, em coro com eles, dizendo:

— Mas que disparate!

Depois ficaram muito sérias, viraram-se uma para a outra e A-Mais-Velha disse para A-Mais-Nova:

— É o que dá viver no meio de gente maluca, tá a ver? Eu, por mim, tirava-a já de lá!

— Mas não podemos fazer isso... — murmurou quase a medo A-Mais-Nova.

— Sei muito bem que não podemos! Não cheguei aqui ontem! Mas também lhe digo: tenho-os debaixo de olho... Aquela gente não é de fiar.

Eu não estava a perceber nada da conversa e então elas explicaram-me que eu me chamava Branca.

Só Branca.

— Nem brava nem mansa — disse A-Mais-Alta.

— Mansa é a Marta... — murmurei eu.

E todos riram ainda mais.

Então calei-me.

Embora Justina e o Diabo me estivessem sempre a dizer que uma pessoa, quando tem razão, nunca se deve calar.

NUNCA.

Quando estava furioso, o Diabo falava sempre com letras maiúsculas. Muito maiúsculas mesmo. Teodora às vezes até se irritava:

— Olha que ainda estás em muito boa idade para levares um par de estalos! — gritava.

A minha mãe não.

A minha mãe nunca ficava furiosa.

A minha mãe estava sempre tão cansada que nem sequer tinha forças para ficar furiosa.

Tomava muitos remédios, tinha sempre muitas dores, e estava sempre a repetir "não aguento, não aguento".

Olhei então em silêncio para todos e calei-me.

Percebi que tinha chegado o tempo de ser igual a toda a gente.

De falar com letras muito minúsculas.

2

Na noite em que eu nasci, a minha mãe estava na Feira, de braço dado com Marta-a-Mansa.

Naquele dia tinha acordado muito maldisposta, mas trabalho era trabalho, e ela sabia que Justina só esperava o mínimo sinal de fraqueza da parte dela para saltar e apanhar o seu lugar.

Branca-a-Brava era um grande papel.

Por isso Justina estava sempre a refilar:

— Só digo duas palavras... Quem é que alguma vez vai reparar em quem só diz duas palavras?

— Todas as mulheres falam pouco nesta peça! — respondia-lhe Mercúrio.

— Com o mal dos outros posso eu bem... — refilava ela.

Mas nesse dia a má disposição da minha mãe não abrandava.

Então foi ter com Mercúrio e disse:

— Hoje acordei pior. Se calhar era melhor adiarmos.

Mas a minha mãe já devia saber que Mercúrio tinha sempre muito em que pensar, e coisas importantes para resolver, e nunca se preocupava com estas ninharias:

— Adiar? Estás doida! — exclamou ele. — E o que é que se dizia às pessoas?

— Então... dizia-se que eu... Então... que eu...

E de repente explodiu:

— Então, as pessoas que olhem para mim! Não são precisas muitas explicações! Ou são?

Mercúrio tentou acalmá-la:

— Vais ver que não é nada... Já na semana passada também te sentiste pior, e afinal não aconteceu nada.

— E o teu tempo ainda não chegou! — gritou Doroteia, do fundo da cozinha.

A minha mãe respirou muito fundo.

Se calhar eles tinham razão.

Se calhar eram apenas aquelas dores que iam e vinham, e nada mais do que isso.

E tudo começou à hora certa.

As pessoas sentaram-se, começaram todas a tossir, que é sempre o que as pessoas guardam para fazer nestas alturas, e esperaram.

Mas como Mercúrio não queria que o acusassem de ser insensível aos problemas dos outros (e como a minha mãe não entrava logo no princípio), chamou o Serafim e pediu--lhe que arranjasse uma esteira e umas almofadas, para que ela pudesse ficar deitada enquanto não chegava a sua vez.

E a minha mãe lá ficou, de olhos fechados, a tentar disfarçar as dores que não passavam — até àquela altura em que Amâncio Vaz, do fundo do palco, em voz muito forte, disse para o seu companheiro Dinis Lourenço:

— "Mete-te nessa silveira
que eu daqui hei-de espreitar!"

Era a deixa.

A deixa a que a minha mãe, em noites normais, imediatamente respondia, dirigindo-se a Marta-a-
-Mansa:

— "Pois casei em má hora,
E com tal marido..."

Mas passaram-se segundos e não se ouviu nada. Amâncio, com voz ainda mais forte, repetiu:

— "Mete-te nessa silveira
que eu daqui hei-de espreitar!!"

Nada.

— "QUE EU DAQUI HEI-DE ESPREITAR!"

A voz de Amâncio era um trovão em noite de tempestade.

O pessoal já estava todo a rir, até porque a maioria já sabia o texto de cor.

E então começaram a fazer coro com ele e a bater palmas a compasso:

— QUE EU DAQUI HEI-DE ESPREITAR!
QUE EU DAQUI HEI-DE ESPREITAR!
QUE EU DAQUI HEI-DE ESPREITAR!

Mercúrio começou a não gostar da brincadeira, e fez um sinal para Marta-a-Mansa, que estava ao lado da minha mãe, a fazer-lhe festinhas na mão e a abaná-la.

Então de repente a minha mãe levantou-se, muito pálida, gotas de suor a escorrerem pela cara abaixo, as mãos a ampararem a barriga.

Ainda conseguiu virar-se na direção de Marta-a-Mansa e balbuciar:

— "Pois casei... em má..."

Mas já não foi capaz de dizer mais nada.

Ou melhor, curvou-se o mais que pôde e berrou:

— Chamem uma ambulância!!

As pessoas desataram a dar mais palmas, e a gritar em coro

— Chamem uma ambulância!

Chamem uma ambulância!

Chamem uma ambulância!

porque pensaram que aquilo era assim mesmo, que aquela era uma das noites em que Mercúrio decidia fazer teatro moderno, e lhes pedia que repetissem em coro o que os atores diziam no palco. Geralmente três vezes.

O Diabo ainda perguntou, aos berros:

— Há algum médico na sala?

— Serralheiro, serve? — respondeu alguém da assistência, e logo todos desataram a rir.

Então o Serafim, meio atarantado, pediu o telemóvel para chamar os bombeiros, mas ninguém o encontrava, porque o telemóvel estava sempre a ser largado por toda a gente nos lugares mais incríveis, e teve de pedir um emprestado ao público.

Mercúrio achou melhor descer o pano, trazer mais umas almofadas para a minha mãe ficar mais confortável, e veio à boca de cena explicar às pessoas que era melhor voltarem para suas casas porque, naquela noite, a Feira ficava por ali.

Mas as pessoas não arredaram pé.

— Era o que faltava! — disseram. — Não vamos daqui embora sem isto ter acabado!

Sentaram-se todos diante da cortina fechada, e lá foram passando a tarde, ainda mal refeitos das emoções da véspera, em que o Benfica empatara com o Bayer Leverkusen

"Ó pá aquele golo do Kulkov!"

"Ó pá, então e o do Abel Xavier?"

"E o do João Pinto, hã? Se não fosse o golo do João Pinto?"

"Tá bem, mas o do Kulkov, pá, eu cá se fosse religioso até dizia que tinha sido milagre!, o jogo mesmo, mesmo, mesmo a acabar e o gajo, tunfas!"

e ouvindo, por detrás da cortina, os berros da minha mãe, as asneiras que o Diabo ia dizendo pelo meio, Amâncio Canito a ladrar que nem um louco, Teodora a dar ordens a toda a gente, e os passos das pessoas de um lado para o outro.

Felizmente foi tudo muito rápido e sem problemas.

Quando a ambulância chegou, eu já tinha nascido.

No meio de uma chuva de palmas e com toda a gente a gritar:

— Viva Branca-a-Brava! Viva Branca-a-Brava!

E, uma semana depois, já ela me levava, dentro da alcofa, embrulhada numa data de cobertores por causa das correntes de ar.

A minha mãe pegava numa asa e Marta-a-Mansa pegava na outra, e as pessoas achavam muita graça, embora não percebessem muito bem o sentido daquilo, porque no palco a minha mãe passava o tempo a queixar-se do homem que tinha lá em casa, mas nunca ninguém falava em criança nenhuma.

Mas a minha mãe tinha medo de me deixar sozinha, dentro da alcofa, lá atrás, entre os andaimes e as tábuas e os pregos e as latas de tinta, e as correntes de ar, e o Amâncio Canito ainda sem perceber quem era aquela coisa estranha, e as pessoas todas a entrar e a sair.

E disse a Mercúrio que ou levava a criança com ela para o palco ou a carreira de Branca-a-Brava acabava já ali.

Nesse momento nem sequer pensou em Justina.

(E, diga-se em seu abono, Justina também não pensou em aproveitar-se disso.)

3

Foi por essa altura que Elas apareceram pela primeira vez.

Alguém lhes tinha feito chegar aos ouvidos que havia uma criança a viver "sem as condições mínimas de que toda a criança necessita para o seu pleno desenvolvimento intelectual e físico", como ambas repetiam.

Chegaram as duas a meio da manhã.

Devem ter procurado a porta da entrada — mas a Feira tinha muitas portas, e varandas, e alpendres, e escadas, e patamares, mas uma porta dava para a arrecadação, outra dava para a casa de banho do pessoal, outra para a casa de banho do público, e outra dava para a carpintaria, e outra para os camarins, e outra para a sala das taças e troféus, e outra para a sala das reuniões — e era complicado atinar com a entrada certa.

Devem ter visto uma porta entreaberta — a porta da cozinha só se fechava à noite —, bateram com os nós dos dedos no vidro, e uma delas gritou lá para dentro:

— Está gente em casa?

— Está sempre gente em casa! — respondeu Justina, aproximando-se.

Como era a que tinha menos falas à noite, e não tinha emprego de dia, Justina encarregava-se da comida, e de manter a Feira a funcionar.

Olhou para aquele par ("aquele par de jarras!", diria mais tarde, recordando a cena), A-Mais-Velha muito alta e magra, A-Mais-Nova baixinha e anafada ("pareciam saídas de um livro de banda desenhada...", dizia sempre o Diabo), e perguntou-lhes o que queriam.

Elas nem responderam, porque ficaram logo de olhos arregalados assim que viram a alcofa no meio da cozinha, guardada por Amâncio Canito.

— É muito mansinho... — disse Justina.

— É seu?

— É de toda a gente...

— De toda a gente? Como assim, de toda a gente? — exclamou A-Mais-Velha.

— Quero eu dizer que não tem dono...

— Não tem dono???

— Não.

— Mas não tem dono, como?

— Então, o que é que quer dizer que não tem dono? Quer dizer que não é de ninguém!

— O quê? Foi abandonado?

— Acho que sim...

— "Acha"??

— Pelo menos até hoje ninguém o reclamou.

— Então e vocês não comunicaram às autoridades? Não disseram nada a ninguém?

A-Mais-Velha parecia em estado de choque.

Justina encolheu os ombros:

— Ora... Comunicar para quê, não me dizem?

— Para quê???

— Sim, para quê?... A polícia aqui do bairro quer lá saber se os cães são abandonados ou não...

— Cães?! Mas quem é que falou aqui de cães?

Então Justina olhou para Elas.

E Elas olharam para Justina.

E apontaram para o berço:

— O que nós perguntamos foi se esta criança era sua!

Justina deu uma gargalhada:

— Ai valha-me o meu avô marmelo!

Os olhos das mulheres cada vez se abriam mais.

Justina não parava de rir.

Queria falar e nem podia:

— Desculpem, desculpem... não façam caso... Isto é uma coisa que eu digo... quer dizer, o Gil Vicente é que diz... ah, ah... eu a pensar que... ah, ah... que era do Amâncio Canito que estavam a falar e afinal... ah, ah, ah...

— Do Amâncio quê?

— Nada, nada... Foi uma confusão...

— Tudo aqui é uma confusão... — murmurou A-Mais-Velha. — Mas vamos lá saber, a criança é de quem?

— A criança é de Branca-a-Brava — disse Justina, tentando recompor-se.

— De quem??

As duas mulheres continuavam de cabeça à roda.

Tinham-nas avisado de que as pessoas daquela casa eram todas meio estranhas.

Mas ninguém lhes tinha dito que eram doidas varridas.

— A mãe está lá dentro a dormir — disse Justina.

— Sabem como é... Aqui nunca ninguém se deita antes

das duas ou três da manhã... E como ela tem trabalho logo à noite, e está muito fraca... tem de dormir mais.

— Pois é, mas vai ter de a acordar, porque precisamos de ter uma conversa.

— Isso é que eu não acordo! Quando ela não dorme as horas todas fica impossível de aturar! E se logo à noite não está em forma, engana-se, começa a tremer, troca as falas, não ouve as deixas, e depois já se sabe o que acontece: o Mercúrio chateia-se, grita com toda a gente, e acaba sempre por sobrar para mim.

As mulheres cada vez percebiam menos.

— Mercúrio?... O... Mercúrio... chateia-se?

— É o patrão — disse Justina. — Muito bom, não desfazendo, mas quando está com os azeites...

— E... esse tal... Sr. Mercúrio... é... o pai da criança? — perguntou A-Mais-Velha.

A-Mais-Nova parecia muda.

Muda e espantada.

Justina deu outra gargalhada, aquela gente só lhe fazia perguntas parvas, como é que ela podia responder-lhes a sério?

— Pai da criança? Mas qual pai da criança! O Mercúrio é pai do Diabo, que já não é criança nenhuma, mas olhem que às vezes até parece...

— Pai do Diabo?! — exclamaram ambas.

— Ai, vamos embora que me estou a sentir mal... — disse, baixinho, A-Mais-Nova. — Voltamos cá noutro dia.

— Estás-te a sentir mal porque te atafulhas de bolos logo de manhã! — barafustou A-Mais-Velha.

— Não é nada disso... — murmurou a outra. — Estou mesmo mal.

— Aguenta. Isto tem de se resolver hoje. Sabe-se lá que sinistros rituais se fazem nesta casa com esta criança!

— Sinistros quê? — perguntou Justina, também sem perceber nada. Aquelas duas de certeza não regulavam bem da cabeça.

Se calhar, o melhor era mesmo chamar o Mercúrio, para que tudo se resolvesse.

Entretanto A-Mais-Nova tinha puxado uma cadeira para se sentar.

— Essa não! — gritou Justina.

Acrescentando logo de seguida, em voz mais branda:

— Essa é a cadeira do Tempo.

As mulheres já nem reagiram.

— O Tempo trepa aí para cima para dizer...

E Justina afinou a voz:

> — "Toda a glória de viver
> das gentes é ter dinheiro
> e quem muito quiser ter
> cumpre-lhe ser primeiro
> o mais ruim que puder..."

Deu uma risadinha:

— Tá bem visto, não tá?

e depois explicou:

— Eu sei tudo o que eles dizem...

— Eles?... — as duas mulheres cada vez entendiam menos.

— Pois. Mas ontem o Tempo trepou com força de mais e partiu uma perna.

— O... Tempo... partiu uma perna? — A-Mais--Nova estava cada vez mais atarantada.

Nova gargalhada de Justina, que imediatamente se apressou a bater com o nó dos dedos na madeira para mandar o azar para bem longe:

— O diabo seja cego, surdo, mudo, paralítico e tudo! Nem digam isso a brincar, senhoras! Se o Tempo partisse uma perna quem é que o ia substituir?

— Calculo... Deve ser um problema substituir o Tempo... — murmurou A-Mais-Nova, que continuava sem perceber nada.

— Não! A cadeira é que partiu uma perna. Está aí encostada que é para ver se o Diabo a arranja. O Diabo tem muito jeito para estas coisas, é muito bom de mãos.

A-Mais-Velha tossicou sem vontade nenhuma, só para impor algum respeito e ordem na conversa.

— Bom, mas afinal, vamos lá a saber: onde está o pai da criança?

— O... o pai... o pai da criança... — e Justina andava às voltas, sem saber o que responder.

— Que é que tem o pai da criança? — ouviu-se então a voz do Diabo, aproximando-se.

O Diabo a falar com todas as letras maiúsculas. Muito, muito maiúsculas.

E quando o Diabo falava com letras maiúsculas era porque não estava para brincadeiras.

Era porque estava Diabo da ponta dos pés à ponta dos cabelos.

Diabo por dentro e por fora.

Diabo no papel e Diabo fora dele.

— Nada... — respondeu logo A-Mais-Velha, como se de repente sentisse grande pressa em acabar com aquela fantochada. — Queríamos apenas saber se a criança tem pessoas que cuidem dela... tá a ver?... se a família é emocionalmente bem estruturada... tá a ver?... se tem os mínimos necessários para o seu correto desenvolvimento... tá a ver?... se todos os parâmetros necessários se conjugam no sentido de...

Mercúrio, que também se tinha aproximado, cortou-lhe o discurso:

— Minha senhora, esta família não tem os mínimos, esta família tem os máximos! É assim a modos como os faróis de um automóvel numa autoestrada...

— Claro, nós só...

Mas Mercúrio ia lançado:

— Esta criança tem pai e tem mãe e tem avó e tem tios e tem primos e se for preciso... como é que é?... parâmetros? — arranja-se já uma dúzia deles. Parâmetros é o que mais há nesta casa.

Fez uma pausa, e rematou:

— Tá a ver?

Elas ficaram sem saber o que dizer, olharam para a papelada que traziam, olharam uma para a outra, tomaram umas notas, A-Mais-Nova limpou o suor que lhe escorria pela cara abaixo — e acabaram por avisar que, dali a um mês, voltariam para ver como é que as coisas estavam a correr.

Dali a exatamente um mês.

Nem mais um dia, nem menos um dia.

O Diabo e Mercúrio foram acompanhá-las à porta, para terem bem a certeza de que se iam embora.

Amâncio Canito ainda rosnou junto das pernas de uma delas, mas Justina deu-lhe uma canelada e ele enfiou-se na cozinha a ganir.

Depois voltaram para dentro de casa e fez-se um silêncio muito grande.

Foi no meio desse silêncio que se ouviu um fio de voz, vindo do fundo da cozinha.

A minha mãe tinha acordado com a barulheira, e levantara-se para ver que discussão era aquela.

Olhou em silêncio para todos.

— Obrigada.

Foi tudo o que conseguiu dizer.

Esta era uma história que a minha mãe me estava sempre a contar. Ainda hoje a sei de cor.

Incluindo a deixa de Amâncio Vaz.

E o histórico empate do Benfica com o Leverkusen.

A Feira foi a minha primeira casa.
Não tive outra antes dela.
Nem hospital, nem maternidade, nada.
E não terei nunca outra igual.
Um casarão enorme, onde todos nos íamos encaixando.
Ou pelo menos todos — e eram muitos... — os que não tinham outra casa nem outra família.
Batiam à porta, e havia sempre lugar para mais um.
E ninguém fazia perguntas.
Para lá ficar era só preciso não ter medo do trabalho, amar Gil Vicente sobre todas as coisas (mesmo não sabendo muito bem quem ele era), obedecer a Mercúrio — e não ser do Sporting.
Mercúrio era marido de Teodora, pai do Diabo e de Marta-a-Mansa, reformado dos Correios — e quem mandava em todos.

O patrão, como às vezes se dizia.

Mas ele não gostava:

— Aqui não há patrões! — respondia logo.

Mas aquela era a sua casa.

Aquela tinha sido sempre a sua casa.

Mercúrio era, às segundas-feiras, o Sr. Vicente.

Teodora era a D. Adelina.

O Diabo era o Vicente Luís.

Marta-a-Mansa era a Fernanda.

Justina era a Teresa.

Doroteia era a Belmira.

Merenciana era a Eduarda.

E por aí fora.

E a Feira tinha um azulejo na parede a dizer "VIVENDA MASCARENHAS" (ao lado de outro, muito pequenino, onde se lia "Mora Aqui um Benfiquista").

Quer dizer: todos tinham nomes normais.

Incluindo a casa.

Mas ninguém usava os nomes normais.

Incluindo a casa.

Ou só à segunda-feira, quando não havia espetáculo e as pessoas iam à sua vida.

Ou durante as manhãs e tardes, se eram dos poucos que tinham emprego noutro lugar.

Quando era preciso preencher papelada, levantar encomendas, levar as vacinas no posto médico, então cada um tinha de se lembrar do seu verdadeiro nome.

Tudo começara há muitos anos, quando um tal Vicente Mascarenhas tinha vindo da província para Lisboa, e comprara aquela casa para nela instalar um teatro.

Desde criança que o Sr. Vicente Mascarenhas sonhava com o teatro.

O pai ainda tinha tentado tirar-lhe esse "vício" do corpo:

— Olha que não é a fazeres de palhaço que ganhas a vida! — repetia-lhe muitas vezes.

— Por acaso há palhaços que ganham muito bem a sua vidinha... — murmurava às vezes o avô, que vivia com eles.

— O pai disse alguma coisa?

— Não, não... — respondia imediatamente o avô.

— Estava a falar com as minhas mortalhas.

O avô nunca fumava cigarros. Comprava uma caixa com o papel muito fininho das mortalhas, colocava o tabaco no meio, e ia enrolando muito lentamente, muito pacientemente, até o cigarro estar feito.

O avô (Vicente como ambos, na tradição familiar que fazia com que o nome passasse de pai para filho) sempre lhe dera todo o seu apoio.

Todo o seu apoio — e, depois de morto, toda a sua fortuna.

Foi então que o Sr. Vicente Mascarenhas, casado de fresco, e com os bolsos recheados, deixou as verduras do campo, as vacas a pastarem junto ao ribeiro, o galo a acordar toda a gente ainda a manhã vinha longe, os passarinhos a cantarem às quatro da madrugada — e veio conhecer a cidade.

Donde nunca mais saiu.

Quando um dia passou diante de um enorme casarão no meio de um quintal, separado da rua e do trânsito por um portão de ferro verde, exclamou:

— Vai ser aqui mesmo.

E foi ali mesmo.

A casa ficava no meio de um bairro popular da cidade, no alto de uma colina, mesmo ao lado de um miradouro onde se dizia que, em tempos muito antigos, as mulheres iam dizer adeus aos marinheiros que partiam para as descobertas — e esperar por eles no regresso.

Via-se o Tejo ao fundo e, desde o primeiro espetáculo, a casa caiu nas boas graças da vizinhança, que, a partir daí, sempre se encarregou de encher a sala.

Mesmo que a peça se repetisse anos a fio, mesmo que já todos soubessem as falas — ninguém faltava a um espetáculo.

Até porque havia sempre quem tivesse, entre os atores, um filho, o marido, uma nora, um sobrinho, um afilhado ou um primo afastado.

Ou quem tivesse emprestado as cortinas para o cenário.

Ou quem tivesse feito os fatos dos atores.

Ou quem tivesse arranjado as cabeleiras.

Ou quem tivesse fiado a comida quando o dinheiro faltava.

Ou... Ou... Ou...

O grupo começou por fazer uma peça de Gil Vicente — porque o Sr. Vicente herdara do avô, para lá de todo o dinheiro, um caixote de livros encadernados, e, logo ao de cima, havia um com o título na capa a letras douradas: *Peças escolhidas de Gil Vicente.*

O Sr. Vicente sorriu, comentou com a mulher que aquilo era o destino a indicar-lhe o caminho ("até no nome, mulher!") e passou dias e dias a ler.

A peça escolhida não era muito grande, qualquer pessoa a trabalhar a sério naquilo

("e eu só quero cá gente que trabalhe a sério!")

conseguia decorar o texto, e não eram precisos muitos atores.

E também não havia muitos palavrões.

O Sr. Vicente tinha começado por escolher outra, mas desistira.

Não é que não fosse engraçada, ele até tinha rido muito, mas depois olhou para a cara muito séria da mulher e acabou por arrepiar caminho.

Ainda estavam há pouco tempo naquele bairro, ainda não sabiam como é que os vizinhos iriam reagir.

Pelo sim, pelo não, era melhor não os provocar.

Pelo menos nos primeiros tempos, só palavras finas.

A peça escolhida chamava-se *Auto da feira*.

Como o seu nome indicava, passava-se numa feira — mas uma feira em tempos medievais, onde todos iam para fazer negócio.

Tudo lá se comprava, tudo lá se vendia:

— "Mentiras, vinte e três mil" — como o Sr. Vicente estava sempre a citar.

E havia uma grande mistura de personagens.

Havia quem fosse gente-gente — e se chamasse Amâncio Vaz, Dinis Lourenço, Branca-a-Brava, Marta--a-Mansa, Mônica, Doroteia, Justina, Merenciana, Teodora, Leonarda etc.

E havia quem não fosse gente-gente — como o deus Mercúrio, o Diabo, o Tempo, a Cidade de Roma, o que, como dizia o Sr. Vicente, "dava uma outra elevação à peça".

Mas no palco todos se misturavam, todos tinham que vender, todos tinham que comprar.

(— Gil Vicente é assim mesmo, rapaziada! — explicava sempre Mercúrio aos novos que chegavam.)

E a representação correu tão bem que, por decisão do Sr. Vicente, supersticioso até à ponta dos cabelos, a casa ficou a chamar-se "A Feira" — apesar da placa que dizia "Vivenda Mascarenhas".

— Para dar sorte! — exclamava ele.

Para lá do Sr. Vicente e da mulher, o grupo começou por recrutar atores só entre os habitantes do bairro.

Mas palavra puxa palavra, ora se ouve no barbeiro ora na mercearia, começou a bater à porta do Sr. Vicente muita gente que vinha de outros bairros e também queria ser artista.

— Ó Sr. Vicente, deixe lá!

— Ó Sr. Vicente, eu faço o que for preciso!

— Ó Sr. Vicente, nem que seja para dizer uma palavrinha só!

E lá iam ficando.

O Sr. Vicente não lhes podia pagar, mas a maior parte tinha emprego, e os que não tinham contentavam-se em poder lá dormir e comer, e pagavam fazendo todos os trabalhos necessários, desde lavar o chão a pregar pregos, consertar torneiras, remendar a roupa, arranjar canos, fazer a comida, pintar os cenários e tratar das luzes.

Entretanto os filhos foram crescendo — e também foram ficando.

Com o passar dos anos, com a morte de uns e o nascimento de outros, o grupo foi-se formando com filhos e netos e sobrinhos e primos e afilhados de toda a gente.

A Feira tornou-se uma casa onde sempre cabia mais um.

E nas peças com poucas personagens havia sempre, ao fundo do palco, uma enorme fila de gente que não abria a boca.

— As virgens e os mancebos — como logo de início lhes chamou o Sr. Vicente.

Era a única maneira de todos entrarem no espetáculo e ninguém ficar amuado.

Por isso até hoje eles lá estão.

5

Esta era a história que contava Mercúrio (bisneto do Sr. Vicente Mascarenhas) para explicar como se tinha chegado ali.

Da primeira geração já não havia, evidentemente, ninguém vivo.

Mas todos, de uma maneira ou de outra, estavam ligados ao grupo dos fundadores — todos eles com direito a fotografias emolduradas, colocadas nas paredes das escadas.

Mesmo que o grupo representasse outras peças, o *Auto da feira* estava sempre em cena aos domingos.

Para o bairro, era um ritual.

Tão importante como a missa.

O futebol.

A cerveja e os matraquilhos no café do Sr. Nunes.

E, supersticioso como todos os Vicentes antes dele, Mercúrio ordenara há muito que, enquanto a peça se representasse, todos os que nela entrassem seriam chamados pelo nome das personagens que interpretavam, mesmo que tivessem outros nomes nas peças que interpretavam nos outros dias da semana.

Nem o pobre do rafeiro sem dono, e cheio de mazelas, que um dia lhes apareceu no pátio escapou desse destino: mas como na *Feira* não entrava cão nenhum, Mercúrio valeu-se do seu papel de encenador e decretou que uma das personagens, de seu nome Amâncio Vaz, iria passar sempre a entrar em cena acompanhado do cão.

E com ele partilharia o nome.

— Não quero ter nome igual ao do cão... — resmungou Amâncio Vaz.

— Então junta-lhe um apelido... — disse Mercúrio, a rir.

Foi assim que nasceu Amâncio Canito.

Aos encenadores todas as liberdades eram permitidas.

De resto, aquele já não era bem, bem, o *Auto da feira* do tempo do primeiro Vicente Mascarenhas.

E muito menos do tempo de Gil Vicente.

Digamos que, se Gil Vicente voltasse à terra e entrasse ali, teria alguma dificuldade em reconhecê-lo.

Ou melhor: reconhecer o texto que havia para lá do que ele tinha escrito há mais de 400 anos — porque nesse Mercúrio não mexia:

— Palavra de escritor é sagrada!

Mas, se não mexia no texto, fazia-lhe alguns acrescentos...

— Os tempos mudam, temos de os acompanhar. — foi como ele se justificou no dia em que decidiu incluir, a meio da peça, um chinês.

— Ó meu pai! — exclamou o Diabo. — Um chinês numa peça de Gil Vicente?!

— Que é que tem? Não me digas que no tempo de Gil Vicente não havia chineses?

— Chineses havia. Mas estavam todos na China!

— Este veio ouvir o fado e ficou.

— Ó meu pai, não brinque!

— Nem pai nem mãe, é assim que eu quero, é assim que se faz.

Mercúrio era um grande democrata.

Aproveitando uma altura em que Marta-a-Mansa perguntava

"Dizei, senhores de bem,
nesta tenda que vendeis?"

e antes que o Serafim respondesse

"Esta tenda tudo tem;
vede vós o que quereis,
que tudo se fará bem."

tal como, há mais de 400 anos, vinha no texto, Mercúrio pôs o Sr. Li Yuan — dono do Palácio Imperial, que ficava na esquina e onde havia de tudo — a puxar pela saia de Marta-a-Mansa e a dizer muito baixinho

"e o que não houver aqui
há ali na loja do Li."

O Palácio Imperial tinha aberto há pouco tempo, era preciso fazer, como ele repetia muitas vezes, "política de boa vizinhança".

O público apoiou a ideia, e era uma chuva de aplausos de cada vez que o Sr. Li Yuan entrava em cena, em passinho miúdo e sempre a fazer muitas vénias.

E assim como acrescentava texto, Mercúrio também ordenava e desordenava a encenação.

Ora se entrava pela direita ora se entrava pela esquerda.

Ora se subia para cima de uma cadeira ora se dizia o texto sentado no chão.

Ora se declamava a meio do palco ora no fundo.

Mas do que a assistência gostava mais, mais, era das noites em que Mercúrio decidia imitar peças que tinha visto na televisão.

— Hoje é à moderna... — dizia ele a seguir ao jantar.

— Ai, valha-me o meu avô marmelo... — murmurava Justina.

Quando era "à moderna" ninguém sabia exatamente o que podia acontecer.

Era o que viesse à cabeça de Mercúrio.

Normalmente mandava os atores todos para o meio dos espectadores.

Ou mandava os espectadores fazerem coro com as falas dos atores. Repetindo cada fala três vezes, como num ritual.

E os espectadores sentiam-se muito importantes, como se, naquela noite, também fizessem parte do elenco.

Eu ainda mal me equilibrava nas pernas quando comecei a entrar nas noites de teatro "à moderna".

Ia atrás da minha mãe e as pessoas riam muito

"a miúda tem futuro!"

porque eu às vezes cantava, e tropeçava e caía, e então a minha mãe dizia coisas que não estavam na peça mas não fazia mal, porque ninguém dava pela diferença.

Nas noites "à moderna" entrava toda a gente, mesmo que isso não viesse escrito na peça.

— Há sempre lugar para mais um mancebo ou uma virgem — dizia Mercúrio.

Eu gostava muito da palavra "mancebo", mesmo sem saber o seu significado.

E acho que muitos também não sabiam, mas não se importavam muito com isso, devia ser a mesma coisa que "virgem" mas em homem.

Quem fazia de "mancebo" ou de "virgem" sabia apenas que tinha de ficar na fila ao fundo do palco, ao lado de Branca-a-Brava e de Marta-a-Mansa, caladinhos que nem ratos.

Às vezes isso era difícil, porque havia quem ali chegasse pela primeira vez, não conhecesse o texto, e desatasse a rir pelo meio.

Para evitar essas coisas, de vez em quando Mercúrio tinha o cuidado de os prevenir:

— Oiçam lá, ó seus palhaços...

(Mercúrio gostava muito de palhaços, por isso nunca dizia isto para os ofender, e por isso eles nunca se ofendiam.)

— ... quando vocês ouvirem dizer que Deus anda no céu a vender o gado, e Nossa Senhora a tratar dos carneiros, nada de risinhos parvos, tá entendido? Oh, senão vai tudo para a cozinha e não entra ninguém!

Um ou outro ainda refilava:

— Ó... ó... Sr. Mercúrio...

— Mercúrio. Aqui sou só Mercúrio.

— Pois... tá bem... Mas... não é chato dizer isso?

— Isso o quê?

— Isso... De Nosso Senhor andar... a vender gado... E se o Sr. Padre cá vem?

— Que venha. Por acaso até cá vem muita vez!

— E... não se importa ... de... de ouvir estas coisas?

Às vezes Mercúrio perdia a paciência:

— Ó seus palhaços...

(Às vezes aqui já era para ofender um bocadinho, mas não muito)

— ... este texto foi escrito por Gil Vicente, ouviram? Por Gil Vicente! Metam isto nas vossas cabeças!

— Ó... ó...

— Que é que foi agora?

— E... e... e esse Gil... é aqui do bairro?

— Tirem-me estes palhaços da minha frente, que eu ainda faço alguma asneira! — gritava então Mercúrio, correndo pela plateia fora.

(Aqui é que já era mesmo para ofender.)

É claro que Elas nunca entenderam isto.

Mas, se alguém me pedisse uma definição de paraíso, eu teria logo respondido: a Feira.

Mesmo que Elas abanassem a cabeça e não acreditassem.

Ainda hoje.

Acho mesmo que o único lugar para onde ainda me apetece fugir é para junto deles todos.

Ou de quem lá esteja agora.

Mas quando Elas vieram e me levaram, eu era ainda pequena para definir fosse o que fosse.

Tinha as asas descoladas, o suor caía do meu cabelo, ainda com algumas madeixas azuis, e não entendia por que razão a minha mãe não respondia a nada do que eu lhe perguntava.

Lembro-me de chegar muito perto dela e de repetir:
— Em vida te coso
em vida te coso
em vida te coso.
Três vezes, como Teodora um dia me ensinara.
Mas não tinha acontecido nada.
Foi então que Elas abanaram muito a cabeça e A-Mais-Nova disse:
— Coitadinha, seja para onde for que a gente a leve, vai-lhe parecer o paraíso...
Mas eu era muito pequena.
E nem devia saber que coisa era essa de paraíso.

Lembro-me sempre de ouvir a minha mãe dizer que, antes de pertencer à Feira, não pertencia a lado nenhum.

Era como se também ela tivesse ali nascido, mas sem ter precisado de mãe nem pai.

Então eu olhava lá para fora e punha-me a imaginar: uma noite de lua muito redonda, em que as pessoas tivessem dado muitas palmas, e rido muito, em que houvesse no ar uma brisa do rio tornando as pessoas muito felizes, em que o cheiro do jasmim no quintal fizesse toda a gente acreditar em coisas impossíveis como, por exemplo, marinheiros novamente a regressarem nas caravelas pelo rio fora, e as mulheres no alto da colina à sua espera e a baterem palmas — e então, no meio de uma grande nuvem, nascia a minha mãe.

Gostava que as coisas pudessem ser assim.

Como nas histórias, e nos filmes, e nas lendas.

Uma vez Justina contou-me a história de um menino que tinha nascido de um caroço de pêssego.

E Mercúrio está sempre a dizer que nasceu da barriga da perna do pai.

Quer dizer: o Mercúrio-personagem-da-*Feira*, o Mercúrio-deus-grego, é que nasceu da barriga da perna de Júpiter, que era o deus mais importante lá do céu grego.

Pelo menos é o que as lendas contam — e o que conta Mercúrio na Feira, quando não tem muito que fazer e quer mostrar que é culto, leu uma data de livros e, por isso, pode mandar em toda a gente.

Mas a minha mãe não nasceu no meio de nenhuma história, de nenhum filme, de nenhuma lenda.

A minha mãe dizia que tinha nascido de um pesadelo, porque só se lembrava de uma casa onde as janelas nunca se abriam, com paredes cheias de quadros de animais mortos e flores secas, de pessoas zangadas e sempre a vigiarem o que ela fazia, ou dizia, ou não fazia ou não dizia, e de uma porta que um dia se tinha fechado com grande estrondo, para nunca mais se abrir.

Mas — como Doroteia estava sempre a repetir — quando se fecha uma porta abrem-se logo mais duas.

(Quando a ouvia dizer isto, o Diabo resmungava sempre:

— Ó tia, não é assim! "Quando Deus fecha uma porta, abre sempre uma janela"! Assim é que é!

O Diabo era muito rigoroso no texto, por isso nunca perdoou ao pai a inclusão do chinês...)

E quando a minha mãe se lembrou de ir pedir trabalho à Feira — onde uma vez tinha ido ver um espetáculo pelo Natal — as portas abriram-se e ela já de lá não saiu.

Ninguém lhe perguntou nada.

Nem de onde vinha nem por que queria ficar ali.

E ela ficou, como todos, a fazer parte da família.

Tinha acabado o pesadelo.

Claro que na Feira não havia quartos de mobílias de estilo, nem carpetes pelo chão, nem quadros de animais mortos e flores secas nas paredes, nem televisores de ecrãs gigantes, nem mármore nas casas de banho.

Nem sequer havia quartos para toda a gente: nos meses antes de eu ter nascido, a minha mãe partilhava o quarto com Doroteia, que às segundas-feiras se chamava Belmira, costurava para o bairro todo e era irmã de Teodora.

E, sempre que era preciso, espalhavam-se colchões no chão.

Enquanto houvesse chão, havia sempre lugar para mais alguém.

Mas a minha mãe sentia-se mais feliz naquela cama de ferro — ou num colchão no chão, se fosse necessário — do que em cama de dossel de uma qualquer história de princesas.

Na Feira tinham-lhe aberto as portas, sem lhe fazerem perguntas — e isso ela nunca podia esquecer.

Mas esquecera tudo o que tinha deixado para trás.

A casa escura, os quadros, as carpetes, as pessoas, os mármores, a porta.

Tudo.

Menos um café.

Por isso a minha mãe nunca gostou de ir ao café do Sr. Nunes, como toda a gente.

Dizia que lhe lembrava esse outro café colado na memória, que ela se esforçava por esquecer, mas que lhe estava sempre a vir à cabeça.

Mas evidentemente que, mesmo tendo-os banido da memória, tinha tido pai e mãe. Não é por esquecermos as coisas ou as pessoas que elas deixam de existir.

Às vezes Teodora vinha ter com ela, sentavam-se à grande mesa da cozinha, e ficavam muito tempo a conversar, enquanto iam remendando saias, cosendo bainhas ou descascando batatas para o jantar.

Eu andava por ali e ouvia-as.

— Eu, se fosse a ti, telefonava-lhe — dizia Teodora.

— Ainda por cima não andas nada bem de saúde.

— Tenho uma saúde de ferro.

— Não tens nada... Nunca tiveste! Essas dores, esse cansaço... Isso não é normal! Estou farta de te dizer para ires ao médico!

— Não tenho tempo para médicos. E sempre fui saudável.

Teodora deu uma risada:

— Saudável??? Não te lembras do estado miserável em que aqui chegaste? Eu até disse para o Mercúrio, "é melhor levá-la ao hospital".

— Mas isso era outra coisa, a senhora sabe...

Mas Teodora insistia:

— Eu cá, telefonava-lhe.

— E telefonar para quê, não me diz?

— Então... para dares notícias... para dizeres que estás viva...

— Se estivesse morta, vinha na necrologia do *Diário de Notícias*. E ela compra o *Diário de Notícias* todos os dias.

— Ela nem sequer sabe que tem uma neta.

— Se quisesse saber, sabia — dizia a minha mãe.

— Ela não me disse nada quando o Major morreu, e eu soube. Quando as pessoas querem, sabem sempre.

— "Quem se quer bem sempre se encontra", como a Doroteia está sempre a repetir... — murmurou Teodora, sorrindo.

— É isso mesmo. E aqui falta exatamente o "querer bem"... Se ela não se importou nunca com a filha, por que havia de se importar com a neta?

Teodora suspirava fundo:

— Telefona... Não custa nada...

— Está bem... Um dia destes... Quando acordar mais bem-disposta...

Depois a minha mãe levantava-se da mesa e rematava:

— E acabou-se a conversa, que tenho de poupar a voz para logo à noite.

7

Portanto, eu sempre soube que tinha uma avó.

Nunca perguntei por ela, mas sabia que, num lugar qualquer do mundo, ela existia, e até lia o *Diário de Notícias*.

Pai é que nunca me passou pela cabeça.

Só no dia em que Elas me levaram e os outros miúdos me perguntaram

— O que é que o teu pai faz?

é que eu pensei, pela primeira vez, nessa palavra.

Pai.

Lembrei-me do Mercúrio, que era pai do Diabo e de Marta-a-Mansa. E do Sr. Nunes do café, pai da Viviana que nos tratava do cabelo.

E do Serafim, pai da Raquel, que tinha nascido há dias.

E do Amâncio Vaz, pai da Merenciana.

Até me lembrei daquele pai que morava no céu da Grécia e tinha uma barriga da perna donde nasciam filhos.

Pais é que não faltavam à minha beira.

Mas nunca me tinha lembrado de perguntar pelo meu.

Só naquele dia.

Eles todos a olharem para mim e a repetirem

— O que é que o teu pai faz?

e eu a encolher os ombros

— Nada.

e eles

— Quem nada não se afoga!

e eu a pensar que estava no meio de doidos, e eu cheia de saudades do quintal, da cozinha atravancada de caixotes e sacos, da minha cama ao canto de um quarto com as paredes cobertas de cartazes com caras de atores — atores gordos, magros, de bigode, de barbas, de chapéu na cabeça ou de boina, e de atrizes, de franja e cabelo curtinho, ou de grandes cabeleiras encaracoladas, ou de capelines de grandes abas a taparem-lhes a cara — quase todos mortos há muito tempo, mas todos a sorrirem para mim como se ainda estivessem vivos.

Muitos daqueles cartazes estavam ali para esconderem manchas de umidade, ou então velhas rachas de antigos tremores de terra.

Teodora estava sempre a contar a figura que tinha feito há trinta e tal anos, era ela muito nova e o Diabo tinha acabado de nascer.

— De repente, estou no palco, a *Feira* está mesmo, mesmo no fim, eu a dizer

"Moças, assim como estamos
demos fim a esta feira..."

quando começo a sentir tudo a tremer, o chão a fugir-me debaixo dos pés, as pandeiretas a fazerem mais barulho do que era costume... Nem pensei em mais nada... Largo tudo, saio do palco a correr que nem uma doida, pego no Diabo ao colo... bom, nessa altura ainda ele era o Vicentinho, coitadinho... e quando dou por mim estava no miradouro a olhar para o Tejo... E o Mercúrio a correr atrás de mim... nessa altura ainda tinha boas pernas para correr... e a chamar-me, "mas o que é que te deu, mulher? Foges para onde?"... Nunca me hei-de esquecer...

As paredes da Feira encheram-se de rachas, e pronto, os cartazes lá estavam para as tapar.

Mas também — tenho a certeza — para eu nunca me sentir sozinha.

Às vezes, quando eu estava deitada e o sono não vinha, e todos estavam no palco, e eu ouvia o eco das suas vozes, eram eles que me faziam companhia.

Sentava-me na cama e ficava ali a falar com eles.

E sempre tive a certeza de que eles me ouviam.

Às vezes até tinha a certeza de os ouvir cantar.

Por onde andaria o meu pai? Seria um deles? Teria bigode, boina, andaria em mangas de camisa e suspensórios? Habitaria o céu da Grécia?

Se é que o meu pai existia.

Se é que eu existia para o meu pai.

8

Teodora e Mercúrio tinham-me ensinado a ler.

O Serafim tinha-me ensinado os números. Quando se zangava comigo mandava-me contar, enquanto ele ia dar umas marteladas num cenário que era preciso consertar para a noite.

Esquecia-se de mim, e eu lá ficava
> "... oitenta e dois... oitenta e três... oitenta e quatro..."

até que de repente ele se lembrava
> "ó raios, Branca-a-Brava!"

e voltava, e pedia desculpa, mas eu nem me importava.

Os números foram a primeira cantiga que aprendi na Feira.

Antes de ter aprendido as brasileiras.

> ("Por que cê não vai pra televisão?", insiste Talita. "Se eu tivesse uma voz que nem a sua, minina, já tava longe daqui há muito tempo!")

À noite, no fim da peça, o público saltava da plateia para o palco e punha-se aos abraços e beijinhos a toda a gente.

Porque o público não era "o público".

O público era o Sr. Elias, a D. Etelvina, a Sandra Marisa, a Dra. Paula da farmácia, o Tó dos Computadores, o Sr. Nunes (que às vezes até fechava o café), quer dizer, toda a gente se conhecia, e essa era sempre a melhor parte do espetáculo.

A Merenciana até costumava dizer que era tal qual a missa:

— A parte em que o padre manda dar beijinhos e abraços a toda a gente é sempre a parte de que eu gosto mais!

Afonso Vaz não gostava que a filha dissesse aquilo porque podia ofender alguém, mas ela não se ralava.

A Merenciana andava sempre aos beijinhos a toda a gente.

Mesmo quando, pelo meio das pessoas conhecidas, aparecia algum estranho.

Nessas alturas Merenciana piscava o olho a Marta-a--Mansa e murmurava:

— Avança!

Porque Marta-a-Mansa vivia na ilusão de arranjar casamento entre o público da Feira.

Um dia — ela o garantia, na sua voz tranquila — havia de lá descobrir o seu príncipe, ô se havia.

Casavam, seriam muito felizes, e Mercúrio ficava com mais um mancebo, que dava sempre muito jeito.

Quando se acabavam os beijinhos e abraços, havia sempre alguém que perguntava:

— Então a miúda hoje não canta?

A minha mãe começava por dizer sempre que não, que eu não era artista, que era uma criança, e que as crianças tinham era que ser crianças, e não faziam essas coisas, que Elas podiam chegar e dizer que aquilo era exploração do trabalho infantil — mas eles insistiam tanto que ela lá se deixava convencer, até porque, no fundo, no fundo, ficava vaidosa quando as pessoas me batiam palmas.

Quem me ensinava as cantigas era Justina.

Quer dizer: Justina aprendia muitas cantigas porque, como ela dizia, "pode haver um dia em que me chamem para cantar e assim já estou preparada".

Justina estava sempre à espera de ser chamada.

Por Mercúrio, por um empresário em busca de novos talentos, por um produtor de televisão.

Fosse por quem fosse.

E estava sempre preparada.

Fosse para o que fosse.

— Temos sempre de estar prontas para tudo. Às vezes, bastam cinco minutos para a nossa vida mudar completamente.

E como eu andava sempre atrás dela, o que ela aprendia, aprendia eu.

Sobretudo cantigas brasileiras.

Muitas cantigas brasileiras.

Justina adorava música brasileira.

Desabotoava um ou dois botões da blusa para ficar com o peito bem à mostra

> ("aquela gente anda sempre toda descascada... é do calor...")

e aquilo era um ver-se-te-avias de samba que não acabava mais.

Mas do que Justina gostava mais, mais, era mesmo daquelas cantigas que contavam histórias, cantigas muito compridas, que punham a plateia inteira a fungar durante o resto do espetáculo.

E assim que aprendia uma, ensinava-me logo a mim. Nunca soube onde ela as aprendia, porque na Feira raramente se via televisão, e na rádio nunca me lembro de as ouvir.

Mas o público achava-me mais graça — e era por mim e não por Justina que chamava.

— A miúda! A miúda! A miúda! — berravam eles.

E na maior parte das vezes acrescentavam:

— O *Filho Adotivo*! O *Filho Adotivo*! O *Filho Adotivo*!

O público estava habituado a repetir sempre tudo três vezes.

E lá subia eu ao palco, batendo as palmas conforme o ritmo, tal qual Justina me ensinara, e cantando uma cantiga de fazer chorar as pedrinhas de todas as calçadas do bairro:

— "Com sacrifício
eu criei meus sete filhos
do meu sangue eram seis
e um peguei com quase um mês...

(Justina tinha-me ensinado a dizer "mêis", que era para rimar com "seis", soava estranho mas era para parecer brasileiro...)

— ... "e pra alimentar meus filhos
não comi mais de uma vez..."

(Justina também me obrigava a dizer "vêiz", que era muito difícil, mas, como ela repetia, "vida de artista é vida dura".)

O público adorava esta cantiga, e vibrava imenso, sobretudo quando o pai falava do que tinha conseguido dar aos filhos, apesar de toda a sua pobreza,

> "sete diplomas
> sendo seis muito importantes,
> e às custas de uma enxada,
> conseguiram ser doutores"

Mas quando eles ficavam mesmo, mesmo delirantes era naquela altura em que o pobre velho é abandonado pelos seis filhos doutores, valendo-lhe apenas o Adotivo. Então eu cantava

> "hoje vivo num asilo
> e só um filho vem me ver..."

e eles desatavam todos a contar histórias iguais, de gente que todos eles conheciam

— Isto é mesmo verdade! Eu conheço uma data de casos iguais!

— Mais eu! E aqui bem perto! Não se lembram da D. Felícia?

— Então não lembro! Coitadinha, o que ela passou às mãos daquela filha... Muitas vezes fui lá levar-lhe uma sopinha!

— E o Sr. Ramos? Gastou o que tinha e o que não tinha com o filho, o rapaz andava vestido que nem um lorde, era tudo do bom e do melhor... e depois, quando o pai precisou...

— Era cá um traste, esse tipo... Também nunca mais soube o que foi feito dele...

— É muito triste depender dos outros...
— Muito triste...
— Muito, muito...

Eu a cantar

"... e esse meu filho,
coitadinho, muito honesto,
vive apenas do trabalho
que arranjou para viver..."

e eles

— Enquanto há dinheiro, aparecem todos!
— O avô do Ricardo também acabou num asilo,
lembram-se?

E eu

"... mas Deus é grande
e esse meu filho querido
vai vencer
eu sei que vai..."

E eles

— Isto é tudo da mesma laia!
— Cambada de ingratos!

Até que já ninguém ouvia ninguém, aquilo era uma
gritaria que não acabava nunca, porque cada um tinha
sempre uma história pior para contar, havia sempre um
neto ou um filho ou uma sobrinha muito mais ingratos,

até que Justina aparecia e dava um berro daqueles que se ouviam na barra do Tejo:

— Calados! Ai, valha-me o meu avô marmelo! Ó pessoal, então que é isso? Deixem brilhar as artistas, caramba!

À voz de Justina eles calavam-se.

Então eu saía do palco e ela começava a cantar.

Ela sabia que o público gostava sempre mais de me ouvir cantar a mim, mas não se aborrecia.

— Tudo o que é pequeno tem graça... — murmurava, a olhar para mim e a sorrir.

Como se fosse minha mãe.

Por isso eu tenho tantas saudades da Feira: foi o único lugar onde tive duas mães.

E não há nada como ter o nosso coração amparado por duas mães.

9

Mas um dia Elas voltaram, e disseram que assim não podia ser, que Elas eram a Lei, e aquilo era contra a Lei, que a minha mãe até podia ir presa ou pagar uma multa, e que eu tinha de entrar para uma escola.

— É que o ensino é obrigatório, tá a ver? — disse A-Mais-Velha.

— Ninguém a ensina melhor do que nós... — disse Mercúrio. — Aposto que nenhum dos palhaços... sem ofensa, claro... Quero eu dizer, perguntem lá a essas crianças que andam na escola se elas sabem quem foi o Gil Vicente, e depois venham falar comigo...

— Não é uma questão de saber quem foi ou não foi Gil Vicente, tá a ver?

— Ai não? Então é uma questão de quê?

— O senhor sabe.

— O que eu sei é que ela sabe ler, sabe escrever, sabe contar, até sabe cantar em brasileiro, e sabe quem foi Gil Vicente. Isso é que eu sei. Digam-me lá o que é que ela vai fazer à escola?

— Por favor não nos torne as coisas mais difíceis... — murmurou A-Mais-Nova.

— Ir à escola é obrigatório e acabou-se — disse A-Mais-Velha —, e se não for a bem é a mal. Veja lá se quer que a criança vos seja retirada e entregue a outra família? Até porque os senhores não têm nenhuns direitos sobre ela!

— Ai, não exageres, isso também era demais... — choramingou A-Mais-Nova ao ouvido Da-Mais-Velha.

Se olhar matasse, o olhar Da-Mais-Velha tinha ali cometido o crime do século.

— Cala-te e deixa-me trabalhar! Sei muito bem o que estou a fazer!

Então mandou a minha mãe "tratar da papelada", e pedir tudo com urgência se não queria pagar multa.

Estavam as duas com cara muito séria.

— Veja lá se quer que a criança lhe seja retirada! — repetiu muitas vezes.

E a cara da minha mãe ficava branca, ainda mais branca do que era costume, e as mãos começavam a tremer.

Às vezes a minha mãe tremia muito.

E não era faz de conta, como no palco.

Era mesmo a sério, e sem direito a palmas.

Então, e contra a vontade de toda a gente, lá me levaram para a escola.

No primeiro dia foi A-Mais-Velha e A-Mais-Nova que me foram buscar à Feira, logo de manhã, e me levaram — se calhar com medo que eu não fosse.

Apesar de ser muito cedo (e toda a gente se deitava sempre muito tarde...), todos apareceram ao portão a dizer-me adeus.

Parecia que eu ia partir para muito longe, ou fazer uma viagem donde ninguém sabia se iria regressar.

— Credo, a miúda só vai à escola! — resmungou A-Mais-Velha. — Não vai emigrar para o Brasil!

Nos outros dias combinou-se que seria a minha mãe, ou a Justina, ou a Teodora, ou o Amâncio Vaz, enfim, o que estivesse mais acordado àquela hora e não corresse o risco de se enganar na rua ou de atravessar fora das passadeiras.

Na escola, passava o dia a ouvir histórias parvas, a recortar e colar bonecos, ainda por cima com umas tesouras muito pequeninas e que não cortavam nada.

Queixei-me.

— Estas tesouras não prestam. As da Feira não são assim.

— Qual feira? — perguntou um miúdo sentado ao meu lado.

Não respondi.

— A minha tia costuma ir à Feira de Carcavelos — disse uma miúda —, é essa?

— E a minha mãe vai à Feira do Livro, mas é no Dia da Criança.

— Mas afinal, que tesouras queres tu? — perguntou a professora.

(A-Mais-Nova tinha-me dito muito baixinho, logo no primeiro dia e antes de me deixarem ali sozinha, "estás a ver? aquela é a tua professora! tens de fazer tudo o que ela mandar!")

— Tesouras. Tesouras como deve ser. Isto não é uma tesoura. Uma tesoura é grande, pesa nas mãos, tem uns bicos compridos, e temos de ter muito cuidado porque podemos cortar-nos ou picar-nos, e depois fazemos sangue, e depois sujamos os adereços. E a Teodora está sempre a dizer que é muito difícil tirar nódoas de sangue dos adereços.

— O que são adereços? — perguntou um deles, mas ninguém se deu ao trabalho de lhe responder.

Porque, de repente, ficou tudo mudo a olhar para mim.

— Tu mexes em tesouras grandes lá em casa? — perguntou a professora.

— Mexo. Toda a gente mexe.

— E na tua casa onde é que as tesouras grandes estão guardadas?

A professora falava muito baixinho e pronunciava muito bem cada sílaba, como se tivesse medo que eu não a percebesse.

— Estão no meu quarto.

— No teu quarto? — e a professora abriu ainda mais os olhos.

— Sim, no meu quarto — respondi.

E acrescentei:

— Mesmo por baixo da cocaína.

Foi então que a professora começou a tremer, a tremer, e a repetir "ó valha-me Deus, ó valha-me Deus, ó valha-me Deus", como se fosse uma deixa a que alguém tinha de responder mas, pelos vistos, ninguém respondia.

Depois começou a abanar furiosamente a cabeça, saiu da sala a correr e foi telefonar.

Quando se aborrecia, a professora ia sempre telefonar.

No dia seguinte, tinha eu acabado de chegar da escola quando Elas voltaram a aparecer na Feira.

Assim que as viu ao portão, Mercúrio nem esperou que elas batessem:

— Mau... O que é que falta agora? Se calhar agora querem que a miúda vá para a Universidade, é?

A-Mais-Velha atacou logo:

— Sr. Mercúrio, é verdade que há droga nesta casa?

Mercúrio até ficou gago de raiva:

— Droga?! Droga nesta casa?!

Depois lá se recompôs:

— Ah, drogas! Evidentemente que há drogas: tintas, vernizes, colas, diluentes, acetona...

— Cocaína, Sr. Mercúrio. Sabemos que há cocaína nesta casa. Ou o senhor nos leva imediatamente ao local, ou chamamos já a polícia, tá a ver?

— Cocaína?! Mas vocês endoideceram?

— E sabemos que a esconde no quarto onde a criança dorme.

Mercúrio cada vez entendia menos do que elas diziam.

— Cocaína?? No quarto onde a...

E de repente Mercúrio deu a maior gargalhada que alguma vez me lembro de lhe ter ouvido.

— Cocaína!!! Ah! Ah! Ah! Cocaína no quarto onde... Ah! Ah! Ah!... onde a criança dorme! Essa é boa, palavra de honra, essa é mesmo muito boa!

Elas é que não estavam para graças:

— Sr. Mercúrio, ou nos leva imediatamente ao quarto ou nós chamamos já a polícia! — disse A-Mais-Velha.

Mercúrio não conseguia parar de rir:

— Chamem! Por acaso até gostava de ver a cara da polícia no momento da...

— ... da apreensão da mercadoria — disse logo A-Mais-Nova.

— Exatamente! Diz muito bem! Da apreensão da mercadoria!

Nova gargalhada de Mercúrio.

— Sr. Mercúrio, não estamos a brincar! Foi a criança, tá a ver? Foi a criança que disse à professora que as tesouras estavam ao pé da cocaína.

— E, como o senhor sabe, as crianças nunca mentem... — disse logo, em tom muito suave, A-Mais-Nova.

— Ai não mentem?... "Mentiras, vinte e três mil", lá diz o Gil Vicente!

— Não se desvie do assunto! — a voz Da-Mais-Velha era ameaçadora. — Leve-nos ao...

— Ao local do crime... — terminou A-Mais-Nova, sob o olhar furioso da outra.

Mercúrio deu outra gargalhada.

— Levo, claro que levo, só tenho pena de não levar também a polícia, a GNR, o guarda-noturno, o arrumador dos carros, e o fiscal das obras...

Entrou pela porta da cozinha, com as duas atrás dele, olhando para tudo.

Atravessou o corredor, abriu a porta do fundo, que dava para o quarto onde eu dormia com a minha mãe, e carregou no interruptor da parede.

— Ora, então façam favor de entrar... Uma casa às ordens... Estejam à vossa vontade...

Fez uma espécie de vénia, enquanto as duas cravavam os olhos num enorme cartaz, vermelho e negro, com a cara de uma mulher com um chapéu de aba enorme que só deixava ver um olho — e que cobria metade da parede diante da minha cama.

A toda a largura e em letras garrafais:

MALDITA COCAÍNA

Em cima, em letras mais pequenas:

TEATRO POLITEAMA

E embaixo, em letras quase invisíveis:

Espetáculo de Filipe La Féria

Por baixo do cartaz, várias prateleiras onde se amontoavam caixas e caixotes, que guardavam objetos diversos que era sempre conveniente ter à mão.

Tesouras, por exemplo.

10

Pronto, está bem, não havia cocaína em lado nenhum.

Mas havia tesouras.

Tesouras enormes, de bicos ameaçadores, em que era suposto nunca tocar.

E em que eu tocava sempre que era necessário.

Eu gostava de ajudar a recortar corações e estrelas e flores e coisas assim que às vezes eram precisas para colar no cenário de alguma peça.

Sobretudo na peça que se fazia sempre pelo Natal e onde entravam muitos anjos.

Se nós todos não ajudássemos, nunca mais havia anjinhos que chegassem para o cenário, e nunca mais o trabalho estava pronto.

Eu tinha muito jeito para recortar anjinhos.

E para recortar flores.

Só não gostava muito de recortar o Sol, porque nunca ficava redondo, era muito difícil.

E o Sol não é como a Lua, que se a gente não a souber recortar muito redondinha, pode recortá-la em quarto crescente ou quarto minguante (que, por acaso, é cortado da mesma maneira, só que depois tem de ser colada ao contrário).

Mas do que eu gostava mais era de recortar asas. Havia uma peça, que a Feira representava às vezes durante a semana, onde uma pobre menina acabava por morrer, e subia ao céu.

Então Mercúrio mandou recortar umas asas de cartolina (que ele depois forrou com tule) para lhe pôr nas costas, e era lindo de ver a Merenciana a fazer de morta, com asinhas nas costas, e a ser içada por umas cordas que o público não via mas que eram puxadas pelo Serafim, nos bastidores.

("— Merenciana, estás mais gorda!" — bichanava ele lá de cima para a irritar.

— E tu estás mais parvo!" — bichanava ela cá de baixo, mas sem largar aquele ar de inocência que convinha a uma morta.)

Mas era uma peça muito triste e o público já tinha tristezas que chegassem (além da época miserável que o Benfica andava a fazer nessa altura...), e por isso alguém foi pedir a Mercúrio que pelo amor de Deus retirasse de cena a história da menina morta, coitadinha, e arranjasse coisa mais alegre.

Mercúrio achou que o público estava cheio de razão (Teodora é que tinha escolhido aquela peça...), e mudou para uma história cheia de cantigas, que ele próprio tinha escrito, e onde se dizia mal do bairro inteiro.

Mas era assim um dizer mal como se se estivesse a dizer bem, como se um grupo de alentejanos contasse anedotas de alentejanos a alentejanos no meio do Alentejo — e todos rissem à gargalhada.

O público rebolava a rir quando reconhecia a Mariazinha da tabacaria, ou a D. Rute do supermercado, ou o Libânio da junta de freguesia.

Só havia duas pessoas que apareciam pelo meio da peça e não pertenciam ao bairro.

O público não percebia muito bem quem eram e, às vezes, havia quem se voltasse para trás ou desse cotoveladas ao parceiro do lado e bichanasse:

— Quem são estas?

As pessoas encolhiam os ombros, mas riam na mesma.

Riam elas e ria toda a gente em cima do palco assim que as duas personagens entravam: uma muito alta e outra muito baixa — que habitualmente eram a Mônica e a Leonarda, escolhidas porque falavam muito pouco na *Feira* e, como dizia o Mercúrio, estavam mais folgadas durante a semana.

Não faziam mais nada senão andar para cima e para baixo pelo palco, repetindo em coro:

— Parâmetros? Onde raio se meteram os parâmetros?

Às vezes até nos engasgávamos a rir — e o público ria de nos ver rir.

— Rir de nós próprios é uma grande prova de inteligência, já dizia o meu bisavô! — exclamava Mercúrio.

— Tu não conheceste o teu bisavô... — murmurava Teodora.

— Também não conheci o Gil Vicente, e passo a vida a dizer as coisas que ele disse.

— Que ele escreveu... — continuava Teodora. — E que eu saiba, o teu bisavô não escreveu nada.

— Acabou-se a conversa — rematava Mercúrio, quando lhe faltavam argumentos e lhe sobejava impaciência.

E como para aquela peça as asas não eram precisas para nada, guardei-as debaixo da minha cama.

Às vezes a minha mãe colava-as nas costas da minha *T-shirt*, ou pregava-as com um alfinete, olhava para mim e murmurava:

— És a minha fada. As fadas existem para nos salvar.

Mas Elas não queriam saber de fadas. (E, felizmente, também queriam saber pouco de teatro, por isso nunca foram assistir a nenhuma representação, nem nunca me ouviram cantar músicas brasileiras.)

E então, acabada a (brevíssima) guerra da cocaína, começou a guerra das tesouras.

— Será possível que os senhores não vejam o perigo que isto representa? — gritava A-Mais-Velha, que acabava sempre por mandar chamar a minha mãe, para lhe fazer uma preleção sobre acidentes domésticos.

A minha mãe raramente aparecia quando Elas chegavam.

A minha mãe raramente aparecia em momentos difíceis.

Acho mesmo que, se fosse possível, teria desaparecido enquanto eu nascia.

Qualquer coisa a fazia ficar muito pálida e a tremer como se o frio fosse insuportável. Mesmo que estivéssemos em pleno mês de agosto.

— A senhora já imaginou se um dia ela se corta com a tesoura? Ou pior: já imaginou se um dia ela a espeta noutra pessoa?

— Já... — murmurou a minha mãe, começando a tremer.

A-Mais-Nova puxou pela manga Da-Mais-Velha e murmurou bem para dentro dos seus ouvidos:

— Olha que ela parece doente...

A-Mais-Velha sacudiu-a, com ar irritado, fingiu que não ouviu e continuou na zanga com a minha mãe:

— Ai já? Mas pelos vistos não fez nada!

— Fiz.

— Fez o quê?

— Ensinei-a a mexer muito bem numa tesoura. Para que essas coisas não aconteçam. Vale mais saber, não é?

E ficaram ali imenso tempo a discutir tesouras, perigos, faltas de cuidado, desgraças que todos os dias vinham nos jornais — até que finalmente se foram embora, não sem antes a minha mãe lhes ter garantido que mais nenhuma tesoura iria atravessar o meu caminho.

Até porque, de vez em quando, A-Mais-Velha repetia, em tom de ameaça:

— Veja lá se quer que a gente venha cá e lhe tire a criança...

A minha mãe abanava a cabeça, tremia, ficava muito branca, e corria para o quarto, à procura do frasco de comprimidos para lhe aliviar as dores.

Para lhe aliviar o medo de ficar sem mim.

11

No mês seguinte foi a guerra da casa de banho.

— A criança precisa de uma casa de banho decente — disse A-Mais-Velha, mal tinha entrado no pátio.

— Por quê? A que temos é indecente? — perguntou Mercúrio.

— O Sr. Mercúrio não se faça de desentendido: estou a dizer que as leis mandam que a criança tenha uma casa de banho com todos os requisitos.

— Requisitos! — exclamou o Diabo, que ia a passar no pátio, carregado com o guarda-roupa que precisava de ser lavado. — Ah, já sei, devem ser os primos dos "parâmetros"!

Deu uma grande gargalhada e entrou pela cozinha dentro.

— Eu não gosto de brincadeiras! — gritou então A-Mais-Nova, sempre tão calada, seguindo o Diabo com o olhar.

Até A-Mais-Velha se admirou.

Mas logo se recompôs:

— Vocês deviam ter, pelo menos, duas casas de banho.

— E temos — garantiu Mercúrio —, uma para o público, outra para o pessoal.

— E a criança pertence ao público ou ao pessoal? — perguntou A-Mais-Nova.

— A senhora agora por acaso até teve graça — exclamou Mercúrio. — É claro que a casa de banho para o público é só para o público, quer dizer, para as pessoas que vêm ver o espetáculo... É de lei. Como ter o bombeiro à porta... Como ter...

A-Mais-Velha cortou-lhe logo o discurso:

— Então deviam ter três. A criança não pode viver num lugar com uma casa de banho minúscula, e manifesta falta de higiene.

— Ora essa! — berrou o Diabo, que regressava da cozinha para ir buscar mais roupa suja. — Mas qual falta de higiene?! A nossa casa de banho cheira a limpeza! Ora, vá lá agora, e vai ver como lhe cheira àquele detergente que eles até anunciam na televisão, e que dizem que parece o campo em nossa casa... É esse que eu uso, porque faz bem à pele.

— Faz bem à pele? Mas vocês lavam-se com detergente?! — e A-Mais-Velha parecia nem acreditar no que tinha ouvido.

— Nós não, olha o disparate — disse o Diabo —, mas lavamos a roupa! E temos de ter cuidado com a pele das mãos, não é?

— E lavam a roupa na casa de banho??

— Claro. O tanque da cozinha não chega, porque isto é roupa que nunca mais acaba! São os fatos que usamos nos espetáculos, é a roupa que usamos cá fora, são os lençóis das camas, são as toalhas, são...

— E isso tudo na mesma casa de banho da criança?

— Não há outra.

— Pois tem de haver. E se não há, façam uma.

— E quem é que a paga? — perguntou Mercúrio.

Elas ficaram caladas e encolheram os ombros:

— Isso já não é da nossa conta.

— Da minha conta também não, que está a zero! "E afinai bem os sentidos..."

Pronto, vinha aí sermão.

Quando Mercúrio começava a usar as palavras que dizia em palco, era sinal de que vinha discurso.

— ... eu acho muita graça a todas as vossas exigências... Eu acho muito bem que vocês protejam as criancinhas desamparadas, palavras de honra que acho! Mas já pensaram no que tinha acontecido se vocês já existissem no tempo em que Jesus nasceu? Ia ser lindo! Estou mesmo a vê-las, entre os pastores, ali junto à manjedoura: "Ou a Senhora arranja uma casa de banho decente ou tiramos-lhe a criança! O quê? Animais mesmo ao pé da criança? Já viram o perigo que é? E o menino deitado em cima de palha? Já viram a falta de higiene? Ou arranjam isto ou tiramos-lhe a criança!"

Entretanto o pátio tinha-se enchido. As pessoas ouviam a voz de Mercúrio e iam ver o que se passava.

E todos faziam esforços terríveis para não desatarem à gargalhada.

Elas estavam furiosas. Por dentro e por fora.

— Já dissemos o que tínhamos a dizer — murmurou A-Mais-Nova.

— Realmente, foi mesmo uma sorte vocês ainda não existirem nessa altura — Mercúrio continuava no seu discurso. — Já viram? Jesus entregue a outra família... O que teria sido de nós?

— Não estou para ouvir blasfêmias e heresias... — murmurou A-Mais-Nova.

— Já para não falar de requisitos e parâmetros... — murmurou o Diabo, enquanto elas saíam pelo portão, ameaçando voltar dali a dias.

— Muito bem deve andar o país, e muito bem tratadas devem andar todas as crianças para estas mulheres não nos largarem a porta! — exclamou Mercúrio assim que as viu atravessar a rua. — Não há semana nenhuma em que não inventem um problema qualquer para nos virem atazanar o juízo. Se elas fossem ver o que se passa ali na casa daquele tipo que está sempre bêbedo no café do Nunes e que nem as boas-tardes dá às pessoas... O miúdo dele anda sempre cheio de nódoas negras... Até faz dó...

— Eu cá acho é que A-Mais-Nova anda ali caidinha pelo Diabo... — disse Justina. — Quando entra, o olhar dela não sossega enquanto não o avista.

O Diabo é que não achava graça nenhuma a estas brincadeiras, até porque há muito que andava de amores com a Merenciana — embora Amâncio Vaz estivesse sempre a dizer-lhe que, lá por ser filho do patrão, ele que não pensasse que tinha a vida facilitada. O Diabo bem lhe dizia que já não era criança nenhuma, qualquer dia tinha mais idade para ter netos do que para ter filhos, que queria dar um jeito à sua vida, mas Amâncio Vaz não se deixava convencer tão facilmente. E a resposta era sempre a mesma: não era por ser filho do patrão que ele servia para marido da sua filha.

12

À segunda-feira não havia espetáculo.

Era o dia que todos aproveitavam, como lá se dizia, "para irem tratar da vida".

O dia em que todos usavam o nome que era verdadeiramente seu. Alguns já quase se tinham desabituado dele.

Teodora contava que estava um dia na sala de espera do centro de saúde, para levar a vacina contra o tétano, e que só à quarta vez de ouvir uma voz no altifalante a chamar "Adelina Mascarenhas! Adelina Mascarenhas!" é que percebeu que estavam a chamar por ela.

— Adelina Mascarenhas... — murmurava ela. — Eu lembro-me lá que me chamo Adelina Mascarenhas...

Às segundas-feiras a minha mãe ia buscar-me à escola, logo a seguir ao almoço.

Era o único dia da semana em que eu não tinha escola na parte da tarde, e por isso era preciso aproveitar muito bem o tempo em que tinha a minha mãe só para mim.

Eu gostava de ver a minha mãe no palco, gostava de ver os seus olhos tão brilhantes, gostava de a ouvir dizer palavras que eu não entendia mas as outras pessoas entendiam, porque lhe batiam sempre muitas palmas.

Gostava de ouvir Mercúrio dizer que nunca se arrependera de a ter escolhido para Branca-a-Brava desde o dia em que ela lhes batera à porta.

Mas às vezes gostava de a ter um bocadinho mais só para mim.

Gostava que ela me falasse com palavras diferentes das que usava no palco.

Gostava que ela não fosse Branca-a-Brava, mas apenas a minha mãe.

Por isso era preciso aproveitar muito bem todos os minutos das segundas-feiras.

Ela fazia-me tranças, escolhia-me uma camisola lavada, coisa às vezes difícil de encontrar no meio da barafunda da roupa de toda a gente na Feira, e vestia-me as calças desbotadas do costume.

Uma vez, ia eu a vestir as calças quando saltou o botão da cintura.

A minha mãe foi buscar a caixa de costura, que estava numa daquelas prateleiras debaixo da *Cocaína*, e começou a pregar o botão no sítio donde ele tinha caído.

Foi então que se ouviu um grito de Teodora:

— Ó rapariga, mas que estás tu a fazer?

E, num segundo, Teodora correu para o meu lado, arrancou a agulha das mãos da minha mãe, agarrou-me bem de frente para ficar mais a jeito e não me picar e, à medida que ia cosendo o botão, murmurava

"em vida te coso
em vida te coso
em vida te coso"

três vezes, não mais, depois cortou a linha com os dentes e disse:

— Já está.

A minha mãe olhava para ela sem dizer nada.

— O quê? — exclamou Teodora. — Então não sabes o perigo que isto é?

— Perigo?...

Por momentos, a minha mãe deve ter pensado que Teodora já se tinha passado para a banda Delas. Ou seja, para a banda do Inimigo.

Então Teodora, já mais calma, explicou que era um perigo coser a roupa no corpo da pessoa, a roupa era para coser sem a pessoa lá dentro, no nosso colo, nas nossas mãos. Mas quando isso não acontecia, então tínhamos de dizer "em vida te coso", três vezes seguidas, para o azar ir para bem longe.

— Se não fazemos estas coisas — garantia Teodora — a morte pode chegar cedo e tomar conta de nós.

— Longe vá o agoiro! — exclamava a minha mãe.

Toda a gente na Feira era supersticiosa.

Quer dizer: assim que entravam na Feira, passavam a ser supersticiosos porque, como todos concordavam, ser ator e não ser supersticioso dava azar.

A minha mãe sorria sempre com as superstições de Teodora.

E de Mercúrio, e de Justina, e de Merenciana, e de quase todos.

Teodora dizia que a gente de teatro era toda assim, e que era preciso respeitar as crenças de cada um.

E, claro, contava logo ali meia dúzia de desgraças que ela jurava terem acontecido, exatamente porque se tinham ignorado os rituais.

— Se pregas um botão, ou arranjas uma bainha, ou coses seja o que for na roupa que a pessoa tem vestida, é certo e sabido que essa roupa vai ser a sua mortalha. Por isso tens de dizer "em vida te coso", para a vida sair vitoriosa!

Teodora dizia isso como se estivesse a declamar uma das suas falas na *Feira*.

(Que, por acaso, eram bem poucas, mas ela nunca se queixava, para que ninguém dissesse que a mulher do patrão queria ser mais que as outras.)

A minha mãe sorria, prometia que nunca iria esquecer, e depois colava-me as asas nas costas da *T-shirt* — e íamos dar um passeio.

— És a minha fada — murmurava — e todas as fadas têm asas. Para poderem voar para junto das pessoas que acreditam nelas. Porque as fadas existem para salvarem as pessoas que acreditam nelas.

Depois fazia uma festa no meu cabelo e rematava:

— Esta é a minha superstição. Não tenho outra.

O pior das segundas-feiras é que a minha mãe estava sempre cansada.

Às vezes gostava de me lembrar da minha mãe quando ainda não estava cansada, mas não consigo.

A minha mãe sempre esteve cansada.

E a tremer.

E com dores.

E a abrir frascos.

E a tomar remédios, muitos remédios, remédios a toda a hora. Tinha sempre um frasco de comprimidos que nunca largava.

E eu devia ter dado por isso.

Mas era muito pequena e, de resto, a minha mãe no palco era outra pessoa.

No palco não se dava por nada.

Nem pelo cansaço.

Nem pelo corpo sempre a tremer.

Nem pela pele sempre tão pálida.

Nem pelas dores.

No palco a minha mãe era Branca-a-Brava, sempre feliz, sempre alegre, com os olhos a brilharem muito, e esquecida de dores e de remédios.

Mas assim que ela passava para a vida das segundas--feiras, eu nem a reconhecia.

Pegava-me na mão, ajeitava-me as asas. Depois começava a procurar o telemóvel, que estava sempre em sítios improváveis, e enfiava-o, juntamente com os frascos de comprimidos, para dentro dos muitos bolsos das calças.

Nunca vi calças com tantos bolsos como as calças que a minha mãe usava às segundas-feiras.

Bolsos pelas pernas abaixo, a fazerem as vezes de carteira.

— Uma carteira só atrapalha as mãos — dizia ela muitas vezes — e pesa muito nos ombros.

Andávamos muito, por aquelas ruas íngremes do bairro, até que a Feira ficava para trás, e era como se entrássemos num outro país.

Um país estrangeiro onde as pessoas olhavam sempre muito para nós.

E havia quem se risse.

E havia quem encolhesse os ombros.

E havia quem franzisse as sobrancelhas e ficasse assim durante muito tempo sem dizer nada, com ar muito sério.

A minha mãe também encolhia os ombros e ria.

E andávamos, andávamos, andávamos.

Íamos quase sempre dar à mesma rua, e a minha mãe tinha de descansar, e então sentava-se num banco de madeira, mesmo em frente de um grande casarão cor-de-rosa, e no meio de uma placa cheia de automóveis estacionados.

Era uma rua como todas as outras, e nunca entendi por que é que a minha mãe acabava sempre lá a nossa caminhada das segundas-feiras.

Havia muitos gatos, alguns a saltarem de portões que a ferrugem esburacara, e ali andavam, à cata de comida que alguém deixava sempre para eles.

Era, de certeza, uma boa ação, mas a rua ficava imunda.

Às vezes a minha mãe enfiava a mão por um dos muitos bolsos das calças, tirava o telemóvel, e ficava muito tempo a olhar para ele. Ao princípio eu até pensei que ela estivesse a fazer algum jogo. A Leonarda tinha um telemóvel com uma data de jogos, e passava imenso tempo nisso.

Mas o telemóvel da minha mãe não tinha jogos. Ou, se tinha, ela não sabia jogar.

Olhava, olhava, carregava numas teclas — mas acabava por suspirar muito fundo, enfiava-o de novo para dentro de um dos bolsos, repetia "não aguento, não aguento" — e regressávamos.

13

Se chovia e não podíamos andar a passear pelas ruas, íamos ao cabeleireiro da Viviana.

A Viviana era quem tratava dos nossos cabelos na Feira.

Às vezes tínhamos de ter cabelo loiro, às vezes cabelo preto, às vezes tranças, às vezes carrapitos, e às vezes aqueles penteados estranhos, com madeixas pela testa abaixo que até me fazia impressão como é que eles conseguiam ver alguma coisa.

O Sr. Nunes sempre pensara que um dia a Viviana iria ficar à frente do café.

Mas a Viviana tinha outros sonhos:

— Nem pense, meu pai! Eu nem suporto o cheiro do café! Ná... Cá a Viviana não nasceu para passar a vida atrás de um balcão.

O pior é que a escola também não ia bem.

A única coisa de que ela verdadeiramente gostava era de passar o tempo na Feira a pentear toda a gente.

Ser atriz também não fazia parte dos seus sonhos:

— Tenho má cabeça para aprender de cor as coisas todas que vocês têm de dizer.

— Então vais aprender a ser cabeleireira, mas a sério — ordenou o Sr. Nunes, que estava sempre a dizer que detestava maus profissionais, fosse em que ramo fosse.

E, passado algum tempo, a Viviana mostrava a toda a gente um diploma que uma escola de cabeleireiros ("estilistas!", emendava ela) tinha passado, garantindo que Viviana Sofia Marques Nunes tinha tido ótimo aproveitamento e estava apta a exercer a profissão.

Orgulhoso, o Sr. Nunes encaixilhou o diploma e, no dia em que a Viviana fez 20 anos, passou-lhe para as mãos as chaves do Salão Princesa.

— Agora — disse ele — estás por tua conta.

A minha mãe gostava muito da Viviana. Era capaz de passar horas seguidas junto dela, às vezes sem dizer nada.

— Só podemos estar em silêncio junto de pessoas de quem gostamos muito — disse-me ela uma vez. — Se a gente não gosta de uma pessoa, só a atura se estivermos sempre, sempre a falar. Temos de encher todos os minutos, todos os segundos! Mas se gostamos muito dela, nem é preciso dizer nada.

Por isso, às segundas-feiras, quando não lhe apetecia caminhar, ou quando estava ainda mais cansada do que era habitual, a minha mãe levava-me para o Salão Princesa, e lá ficávamos.

O salão cheirava a perfume, a laca, a xampu, a verniz.

E fazia sempre muito calor lá dentro.

As senhoras do bairro iam todas ao Salão Princesa.

As mais velhas conheciam a Viviana de pequenina.

As mais novas tinham andado com ela na escola, estavam sempre a recordar asneiras feitas em conjunto

— e, mesmo sem o admitirem, tinham uma certa inveja dela, ali a trabalhar sem patrões, sem ninguém a dar-lhe ordens (ela é que dava ordens à Fátima e à Rosário, as duas ajudantes do Salão) e sem marido em casa à espera do jantar na mesa a horas.

Quando não havia muito que fazer, Viviana sentava-se ao pé da minha mãe e ficavam as duas a conversar, enquanto a Fátima e a Rosário me ensinavam a arte de bem pentear uma cabeleira.

Depois voltávamos à Feira, e a minha mãe voltava à sua cara de segunda-feira.

Mas nas segundas-feiras em que só lhe apetecia andar, sem ver ninguém, sem falar com ninguém — era bem pior. Porque então a minha mãe chegava sem forças para nada.

Metia-se na cama e não voltava a sair de lá até ao dia seguinte.

Às segundas-feiras a minha mãe pensava demais na vida e ficava muito triste.

Mesmo que tivesse estado alegre com a Viviana.

— São sempre tristes as noites depois dos dias alegres — dizia ela.

Por isso nunca gostei das segundas-feiras: quase sempre estragavam as coisas boas que o domingo nos dava.

Aos domingos as pessoas riam mais e batiam sempre mais palmas.

Aos domingos ficávamos todos a conversar uns com os outros, porque o espetáculo era à tarde.

Aos domingos estávamos todos juntos porque ninguém trabalhava fora da Feira.

Aos domingos havia sempre uma telefonia aberta na cozinha, por causa do futebol.

Uma vez, num domingo, logo no princípio da peça, naquela altura em que Mercúrio diz, com voz muito solene

"e eu vos direi a verdade
e de que morte vão morrer
e o que há-de acontecer..."

ouviu-se uma voz do meio da sala

— O que há-de acontecer já eu vos digo: vamos apanhar outra cabazada, porque acabamos agora mesmo de meter um golo na nossa baliza...

Mercúrio até ficou gago.

Esqueceu-se do texto, veio à boca de cena e ali ficou de conversa com o espectador, que não largava um minúsculo aparelho de rádio, colado ao ouvido.

— Eu sempre gostava de saber o que é que anda lá a fazer aquele palhaço do Nuno Gomes...

— E o Simão Sabrosa?

— Mas é claro que a culpa é do treinador... Enquanto o Vilarinho não encontrar treinador de jeito, aquilo não se endireita.

Passados alguns minutos, já o público inteiro se tinha juntado em frente ao palco a comentar o jogo, e ninguém se lembrava da peça.

O que era Gil Vicente, diante do Benfica em perigo.

Até que o Tempo, que estava há horas nos bastidores à espera que o Mercúrio dissesse

"e não falte comprador
porque o Tempo tudo tem"

que era a deixa para ele entrar em cena, não aguentou mais e berrou:

— Então quando é que eu entro?

Logo seguido da vozinha doce do Sr. Li Yuan, que aproveitava sempre as ocasiões para se fazer ouvir:

— "e se não houver aqui..."

— Cale-se lá, Sr. Li, que não é a sua deixa! — barafustou o Tempo.

Mercúrio lá se recompôs, os espectadores voltaram a sentar-se disciplinadamente nos seus lugares, voltaram todos a tossir — e a peça continuou como se nada tivesse acontecido.

Foi uma época em que tudo correu mal ao Benfica, que acabaria por ficar em 6º lugar no campeonato — coisa que, na Feira, todos fizeram por esquecer, mas nunca ninguém esqueceu.

Aos domingos íamos também jantar ao Top Menos, que era um restaurante que havia ao lado do café do Sr. Nunes onde, aos domingos à noite, se cantava e dançava — e onde pagávamos pouco, porque o dono era o Vitorino, primo do Serafim, e fornecia os croquetes que se vendiam no bar da Feira nos intervalos dos espetáculos.

Havia noites em que se cantava a sério — e lá estava a Justina caída e, se a minha mãe deixasse, lá estava eu também mais o filho Adotivo; e havia noites em que era *karaoke* — e lá estavam caídos todos os outros, sobretudo os que desafinavam e aldrabavam a letra toda das cantigas.

Depois vinha a segunda-feira — e toda a gente vestia a pele e o nome dos dias úteis.

E a festa morria lentamente.

14

— Há um tipo numa fila lá ao fundo que não tira os olhos de mim. — disse um dia Marta-a-Mansa para a minha mãe.

— Tu e os teus príncipes encantados... — respondeu a minha mãe.

— Estou-te a dizer. Tu é que nunca olhas para ninguém, mas eu vejo tudo!

— Sabes bem que daqui do palco não se vê ninguém que esteja na plateia! Eu não consigo ver quem está na primeira fila, quanto mais quem está ao fundo...

— Pois eu vejo muito bem. Naquela altura em que eu digo

"eu não vejo aqui cantar
nem gaita nem tamboril"

e ponho a mão assim, em pala, diante dos olhos, como se estivesse à procura deles pela plateia, como o meu pai mandou — então vejo muito bem as pessoas... Algumas até se riem para mim, e dizem adeus... E uma noite destas vi-o. Muito sério, lá ao fundo. E depois disso vi-o outra vez, e mais outra vez... Bem vestido, engravatado. E não é aqui do bairro, que esses conheço eu.

— E sempre a olhar para ti, claro...

— Sempre! E olha que nestes últimos tempos não tem falhado um espetáculo! Acho que já deve saber a peça toda de cor.

— Para a próxima, quando for o intervalo diz-me, que eu venho cá fora ver essa ave rara.

— Pois isso também eu queria... Mas nos intervalos ele desaparece. Mal a cortina desce, eu dou uma corrida — mas é sempre tarde demais... Nunca o apanho.

— O quê? Não me digas que não vai aos croquetes do Vitorino?

— Deve ser vegetariano. Ou então está a fazer dieta. O que é certo é que só volto a pôr-lhe a vista em cima quando o espetáculo recomeça. E também é dos primeiros a sair no final. Às vezes ainda estamos a agradecer as palmas e já o vejo a abandonar a sala.

— Uma espécie de Gata Borralheira em homem... Já viste se há algum coche estacionado ao nosso portão?

— Não brinques...

— Pronto, não brinco. Mas lá que é estranho, é.

— É o vício do tabaco, com certeza. Deve ir para o pátio fumar o seu cigarrito, mas lá fora é que eu não vou: a transpirar como estou sempre, ainda apanhava uma pneumonia... E a Feira é uma coisa muito bonita, muito bonita, mas se não fosse o ordenado que a D. Palmira me paga todos os meses, não sei de que é que a gente vivia.

A D. Palmira era muito velha. No bairro não havia ninguém que não a conhecesse, dos tempos em que dava lições de piano a toda a miudagem.

O Diabo e Marta-a-Mansa ainda tinham lá andado em crianças.

Mas um dia D. Palmira chamou Teodora e disse-lhe:

— Ó D. Adelina, a senhora desculpe. Eu adoro os seus filhos! Tanto o Vicente Luís como a Fernandinha são um encanto de meninos, bem educados, espertos — até sabem quem foi o Gil Vicente! — mas para o piano é que não têm jeito nenhum... Eles bem se esforçam, coitadinhos, mas cada um é para o que nasce, e eles não nasceram para isto.

Teodora sempre sonhara com o dia em que os filhos dessem concertos no intervalo dos espetáculos.

Teodora estava sempre a contar que, no seu tempo de nova, havia um cinema em Lisboa que tinha sempre concertos de música no intervalo dos filmes.

— Era lindo! — murmurava ela. — As luzes acendiam-se e depois de repente começávamos a ver aparecer à nossa frente um piano, um piano que subia das profundezas do palco, já com um homem a tocar! Nunca percebi donde é que o piano aparecia! Devia haver uma espécie de alçapão por baixo do palco! Mas era lindo de se ver... E como o homem tocava bem! Depois acabava o intervalo e ele voltava a desaparecer pelo palco dentro... Parecia que descia ao inferno... E o filme continuava.

Quando a ouvia, Mercúrio passava o tempo todo a emendá-la:

— Não era piano, era órgão...

— E as luzes estavam sempre apagadas...

— E não era no intervalo, era antes de o filme começar...

101

— E coitado do homem, acho que depois até se matou...

— Cruz, credo! — exclamava logo Teodora benzendo-se, e quando Mercúrio se afastava, encolhia os ombros e murmurava:

— Homens... Pensam sempre que sabem tudo.

Portanto, e com grande mágoa sua, para esse destino nenhum dos seus filhos estava destinado.

De resto, seria muito difícil encaixar um piano no palco da Feira.

A não ser que lhe pusessem umas cordas e o Serafim o içasse, como fazia à Merenciana na peça da menina morta.

Mas se a música não foi o caminho de nenhum deles, brilhavam ambos no palco da Feira.

Marta-a-Mansa era o que fosse preciso: velha, nova, gorda, magra, capaz de decorar páginas de texto de uma noite para o dia.

Mas se o papel que lhe era atribuído não tinha mais que duas falas, também não se importava.

E quando não havia mesmo nada, e ela era enviada para a fila dos mancebos e das virgens ao fundo do palco, ficava contente na mesma.

Mercúrio orgulhava-se muito dela:

— Aqui não há pessoas mais ou menos importantes — repetia constantemente, sobretudo quando entrava gente nova para o grupo, ou quando Justina se lembrava de refilar. — Aqui somos todos necessários. Como num exército. Se o comandante não tiver bons soldados, a guerra está perdida.

Todos ouviam e diziam que sim com a cabeça. E eu sonhava que um dia havia de ser como ela.

Mas depois, com o andar dos tempos, lá vinha a choradeira do costume:

— Eu só digo duas frases!

— Por que é que eu estou sempre escondida lá ao fundo? Assim ninguém dá por mim...

— Por que é que a mim me calha sempre o papel de parvo?

Só Marta-a-Mansa estava por tudo.

Por isso, no Natal, era sempre ela que fazia de burro do presépio. Ou, como ela preferia dizer, de "asninha de Belém", porque assim Gil Vicente tinha escrito.

Até ao dia, evidentemente, em que o seu príncipe lhe aparecesse pela frente e a fizesse feliz para o resto da vida.

15

O Natal era sempre um tempo complicado na Feira.

O grupo ficava muito desfalcado porque havia sempre um ou outro que de repente se lembrava que afinal tinha uma tia velha a viver na Beira, ou um primo direito com casa no Alentejo, ou um amigo de infância sozinho no Norte.

Podiam passar o ano inteiro a dizer mal deles, a lastimarem-se por a família nunca se lembrar de lhes fazer um telefonema, a recordar maldades e ingratidões e injustiças — mas bastava o primeiro som dos sininhos de Natal, e as lojas cheias de algodão a fingir neve, e anjinhos pendurados de todas as árvores, para esquecerem tudo e descobrirem que estavam a ser vítimas de intensos, prolongados, inevitáveis, incuráveis ataques de saudades.

"Ir à terra" passava a ser o sonho de quase todos.

Mercúrio não conseguia dizer que não, afinal o Natal era a festa da família — apesar de eles não terem família durante o resto do ano.

Como Teodora estava sempre a repetir, Mercúrio tinha um coração mole.

Os que ficavam tinham de acumular diversas personagens diferentes, e era então que mais se evidenciavam as qualidades de Mercúrio a fazer "teatro à moderna".

Para já, havia logo à entrada aquilo a que Mercúrio chamava o "nosso presépio vivo".

Desde o tempo do bisavô, aquele era um ritual que todos os anos se cumpria.

Teodora era Nossa Senhora.

("Com esta idade, eu já devia fazer de Santa Ana...", resmungava ela sempre.)

Mercúrio era S. José.

Amâncio Vaz, o Tempo e o Diabo eram os três Reis Magos.

Merenciana era Maria Madalena.

Dinis Lourenço era o Filho Pródigo.

Doroteia era a Samaritana.

A minha mãe era o Anjo.

Marta-a-Mansa era a asninha de Belém.

E os restantes eram pastores e pastoras.

O Menino Jesus era sempre um boneco, fornecido pelo Sr. Li — porque Mercúrio dizia que era um perigo pôr ali uma criança, ainda apanhava uma pneumonia e morria, e lá vinham Elas ("desta vez, enfim, com alguma razão...") e iam todos presos.

Às vezes havia alguém que se chegava junto dele e protestava ligeiramente:

— Ó patrão...

— Aqui não há patrões, estou farto de dizer!

— Ó Mercúrio...

— Sim?

— A gente só costuma pôr o Filho Pródigo naquela peça que fazemos na Páscoa!

Ou então:

— Mercúrio, o senhor desculpe mas... não é para lhe faltar ao respeito, nada disso... é só porque...

— Vá desembucha!

— Pronto, aí vai: quando eu andava na catequese...

— Sim?...

— ... acho que o filho pródigo, e a samaritana, e a Maria Madalena... quer dizer... acho que não entravam no presépio! Pelo menos quando eu andava na catequese, acho que não estavam lá... Mas agora não sei... Eles estão sempre a mudar tudo...

— Pois se não entravam, passam a entrar agora — rematava Mercúrio, e mais ninguém dizia nada.

O "nosso presépio vivo" podia ser visto por toda a gente do bairro durante a tarde — mas à noite todos largavam as fatiotas que tinham vestido e, apesar de estafados pelas muitas horas de pé (só Teodora tinha direito a um banquinho, sempre era a mãe da criança, e Merenciana estava sempre deitada, porque o burro era suposto ficar deitado ao lado do Menino), metiam-se na pele das personagens da *Feira* e subiam ao palco.

Era então que Justina, sempre preparada para tudo, e a única que sabia o papel de toda a gente, aproveitava para brilhar.

Houve um ano em que éramos tão poucos que, em dois domingos seguidos, Justina teve de fazer também de Leonarda, de Juliana, de Mônica, de Giralda e de Tesaura (a descobrirem as alegrias familiares na Guarda, em Bragança, em Castelo Branco, em Fornos de Algodres e em Corroios, respectivamente).

O que nem seria coisa complicada, pois todas elas falavam pouco, não fosse o caso de todas entrarem ao mesmo tempo em cena — e tratar-se da cena final.

— E agora? — perguntou Teodora a Mercúrio, quando foram contar os resistentes que não tinham ido à terra.

— Valha-me o meu avô marmelo... — murmurou Justina — essa cena só comigo, com a Teodora e a Merenciana não tem graça nenhuma! A graça é sermos uma data de mulheres no palco e depois cantarmos todas a cantiga final!

— Não tem graça, mas passa a ter! — exclamou Mercúrio.

E, em poucos segundos, com a ajuda do Diabo, que era muito bom de mãos, apareceram nas mãos de Justina uma série de máscaras de cartolina, pintadas de cores garridas, todas elas representando diferentes caras de mulheres.

— Pronto. Não tem nada que saber. Dizes as tuas falas e, quando for altura de Leonarda falar...

— ..."Vossa vida negra e parda!
Não lhe bastará..."

— começou logo Justina, mas Mercúrio cortou-lhe o discurso:

— Já sei que conheces as falas de toda a gente de cor e salteado, mas não é preciso dizê-las, senão nunca mais saímos daqui!

Justina calou-se.

— Estava eu a dizer — continuou Mercúrio — que de cada vez que tiver de falar uma personagem diferente, tu pões uma destas máscaras diante da tua cara, dizes as frases dela e pronto! Quando for Leonarda, pões esta máscara de mulher de cabelo preto e a rir; quando for a Mônica, pões esta de mulher loira; quando for a Giralda, pões esta de franja; para a Juliana enfias esta de olhos fechados, e para a Tesaura esta de olhos arregalados.

Fez uma pausa.

— Tá feito.

Teodora ainda não parecia muito convencida:

— E para a cantiga final? Para a apoteose?

Teodora gostava sempre muito dos finais das peças. Dos finais de todas as peças. A "apoteose", como costumava dizer.

Porque no final das peças — de todas as peças, fossem dramas ou comédias, escritas por Gil Vicente ou por Mercúrio — o grupo todo vinha à boca de cena e cantava uma cantiga, quase sempre acompanhado pelo público, que, se não sabia a letra, sabia bater palmas a compasso.

Quando o autor da peça não tinha escrito cantiga nenhuma, Mercúrio inventava uma letra e encaixava-a depois na música de alguma cantiga conhecida.

Mas na *Feira* Gil Vicente tinha-lhe poupado o trabalho: a própria peça rematava com uma cantiga, que o público já conhecia de cor, e que era a parte mais importante do espetáculo, com as nove mulheres em cena, cantando e bailando,

"Em Belém vila do amor
da rosa nasceu a flor..."

e o resto do grupo ao fundo do palco, tocando tambores e pandeiretas, e o público a acompanhar, em ritmo de valsa.

Coisa linda de se ver e ouvir.

— Vai parecer um palco muito vazio... Mesmo com as máscaras... — murmurava Teodora.

— Até porque as máscaras não bailam... — murmurava Merenciana.

— As máscaras não bailam, mas baila o público! — exclamou Mercúrio. — Fazemos sinal ao público para que suba ao palco, e baila toda a gente!

Marta-a-Mansa ficou feliz: era agora que iria dançar com o admirador desconhecido.

E toda a gente bailou.

Menos o admirador desconhecido, que, nesses dias, não pôs os pés na Feira.

— Também deve ter ido à terra... — murmurou Merenciana.

— Ou então é um tímido... — disse a minha mãe a rir.

Mas o público que não tinha ido à terra bailou até mais não poder.

E com tanto entusiasmo que em todas as sessões as máscaras de Justina acabavam pisadas no chão, e o Diabo tinha de voltar a fazer tudo para o espetáculo seguinte.

Com tanto entusiasmo que no dia seguinte a Dra. Paula não apareceu na farmácia, a Mariazinha só abriu a tabacaria já passava do meio-dia, e o café do Sr. Nunes esteve sempre de porta fechada.

Com tanto entusiasmo que o Diabo não se conteve, pediu Merenciana em casamento, e Amâncio Vaz disse que sim.

16

Às vezes a minha mãe não tinha sequer forças para sair às segundas-feiras.

Nem mesmo para o Salão Princesa.

Dizia que não aguentava.

Não era por mal.

Não aguentava. Era só isso.

Eu não sabia exatamente o que é que ela não aguentava, mas não queria fazer-lhe perguntas que a fizessem tremer mais ou ter mais frio.

Eu só queria a minha mãe ao meu lado. Na Feira, no Salão Princesa, no banco da rua, onde quer que fosse.

Se tivesse frio, eu seria capaz de a aquecer.

Se se esquecesse das palavras, eu seria capaz de as murmurar detrás dos bastidores para ela as ouvir.

Se quisesse que eu cantasse, eu cantava.

Se não quisesse, eu não cantava.

Tudo, absolutamente tudo, só para ela estar bem.

Quando a ouvia dizer

"não aguento mais"

eu pegava-lhe na mão, abria a porta do nosso quarto e ajudava-a a deitar-se.

E ficava ao lado dela, sem dizer nada, até que ela deixava de tremer e adormecia.

Como se eu fosse a mãe a resguardar-lhe o sono. As fadas também deviam servir para isso.

Numa dessas segundas-feiras Elas bateram ao portão. Estremeci.

Sabia que não estava ninguém na Feira, para além de nós duas.

A minha mãe tinha tomado não sei quantos comprimidos

— ... este é para as dores de cabeça...
... este é para as dores nos ossos...
... este é para aguentar, para aguentar, para aguentar...

e agora estava deitada na cama, e nem sequer me ouvia.

Devia ter finalmente adormecido.

Elas não podiam ver a minha mãe assim.

Ainda tentei fazer de conta que não tinha ouvido nada, para ver se Elas desistiam.

Só que Elas não desistiam e continuavam a bater.

Elas não podiam entrar.

Elas não podiam ir ao nosso quarto.

Por isso deixei a minha mãe, fechei a porta e fui a correr até ao portão.

Dei de caras com as duas, sempre as duas, sempre uma ao lado da outra, sempre de papéis nas mãos.

— A tua mãe? — perguntou A-Mais-Velha.

A-Mais-Velha era sempre quem começava todas as conversas.

— Está... está lá dentro.

— Vai chamá-la.

— Não posso.

— Ai... E não podes por quê?

— Porque... porque...

— Desembucha!

— Porque está a tomar banho.

— A tomar banho a esta hora?

— A minha mãe toma banho quando lhe apetece.

— Estou a ver... E vai demorar muito?

— Acho que sim. Entrou agora mesmo.

— Entrou para onde?

— Para a banheira.

(Às vezes elas faziam cada pergunta mais estúpida!)

A-Mais-Velha levantou os braços, como se eu tivesse dito uma grande asneira:

— Toda a gente a dizer que é preciso poupar água, todos os dias há avisos nos jornais, e nas rádios, e na televisão — e ela mete-se num banho de imersão... Esta gente é mesmo irresponsável!

Eu não percebia por que razão Elas estavam tão furiosas, e já estava arrependida de ter inventado aquela história do banho, mas de momento não me tinha lembrado de nenhuma outra desculpa.

— Se calhar o melhor é voltarmos noutro dia... — murmurou A-Mais-Nova.

— Se calhar... — exclamou A-Mais-Velha.

— Se calhar... — disse eu. — Até porque a minha mãe ainda deve demorar muitas horas.

— Claro... E deve estar sempre a deitar mais água, para não arrefecer...

Eu não disse mais nada, e elas atravessaram o pátio e já estavam a abrir o portão de saída quando A-Mais-Velha se volta de repente e pergunta:

— E tu andas por aqui sozinha, enquanto a tua mãe toma banho?

Encolhi os ombros.

— E abres o portão a qualquer pessoa?

Eu estava mesmo aflita, sem saber o que dizer.

— Há mais gente... nas traseiras...

— Bem espero... — resmungou A-Mais-Velha. — Se eu sei que te deixam sozinha...

Interrompi-a, de repente cheia de energia:

— Ninguém me deixa sozinha! Nunca me deixam sozinha! E a minha mãe tem muito cuidado comigo! A minha mãe está sempre ao pé de mim. A minha mãe gosta muito de mim, a minha mãe trata muito bem de mim, e faz-me tranças, e dá-me comida, e dá-me água, e dá-me asas, e leva-me a passear...

— Pronto, já ouvi... Mas diz-lhe que daqui a dias voltamos cá. Precisamos de ter uma conversa muito séria.

Abriram o portão e saíram para a rua.

A-Mais-Nova resmungava:

— E este portão sem segurança nenhuma... Qualquer pessoa pode entrar... Isto é um perigo...

E A-Mais-Velha:

— Eu devia era já ter levado a miúda daqui para fora...

Mas lá se foram embora.

Voltei para o quarto.

A minha mãe continuava de olhos fechados, mas tremia de vez em quando.

— Não te vai acontecer nada... — murmurei baixinho, passando a minha mão pelo seu cabelo. — Não vou deixar nunca que te aconteça nada. E vou ficar sempre ao pé de ti.

Sabia que tinha de proteger muito bem a minha mãe.

Por isso é que tinha asas.

17

O dia em que fiz 10 anos calhou a uma segunda-
-feira.

Se calhar já tinha feito anos a uma segunda-feira,
mas só desta segunda-feira é que me lembro, porque foi
quando o pano caiu e o teatro acabou.

A minha mãe tinha acordado cheia de dores e por
isso a Merenciana é que me foi buscar à escola.

Mas quando chegamos à Feira já ela estava vestida e
pronta para a nossa volta.

— Era melhor não saíres... — disse Merenciana.

— Claro que saio... São os anos de Branca-a-
-Brava... E já tomei os comprimidos.

Então, colou-me as asas na *T-shirt*, e saímos.

Eu fazia 10 anos, era segunda-feira, mas cá fora tudo
estava na mesma.

Cá fora as pessoas caminhavam, mais ou menos
apressadas, com caras felizes ou infelizes, esperavam
autocarros, entravam e saíam de cafés, olhavam as

montras, pensavam nos amigos, na família, no emprego que tinham ou não tinham, barafustavam se os carros não paravam nas passadeiras, olhavam as horas, se calhar até havia algumas que também faziam anos.

Eram as mesmas ruas de sempre.

E sentamo-nos, como sempre, no mesmo banco, diante do casarão cor-de-rosa, entre automóveis estacionados no passeio, e gatos, gatos, gatos a procurarem restos de comida.

A minha mãe respirava como se tivesse acabado de vencer a maratona.

De repente levantou-se e disse:

— Vamos ter com a Viviana.

— Já é tarde, mãe... — murmurei eu, olhando o rosto dela, tão pálido. — É melhor voltarmos para a Feira.

— Tenho uma surpresa para ti.

— Estás cansada... Deixa a surpresa para outro dia.

— Vamos.

Entrou comigo no cabeleireiro, onde já não havia ninguém, mandou-me sentar numa cadeira alta em frente ao espelho e disse para a Viviana:

— Pinta-lhe o cabelo de azul.

Viviana deu uma gargalhada:

— Tás a brincar!

— Achas? — disse a mãe, muito séria. — Vá lá, pinta-lhe o cabelo de azul.

Viviana ficou então muito séria.

Mas a cara séria da Viviana era muito diferente da cara séria da minha mãe.

— Já é tarde... Vens cá para a semana...

Mas a minha mãe não desistia.

— Já te disse: pinta-lhe o cabelo de azul.

Então Viviana sentou-se numa cadeira ao lado da minha mãe, pegou-lhe nas mãos, como a uma criança, e, com mais paciência do que a asninha de Belém, começou a falar-lhe muito baixinho.

— Ouve... Tu não estás bem... tu...

— Estou ótima. Pinta-lhe o cabelo de azul.

— Ouve... Branca-a-Brava é uma criança, não po...

— Pinta-lhe o cabelo de azul.

— ...não pode pintar o...

— De azul, já disse.

— ... o cabelo, faz-lhe...

— Pinta-lhe o cabelo...

— ... muito mal!

— ... de azul.

Ficaram as duas a olhar uma para a outra.

— De azul — repetia a minha mãe.

Viviana abanava a cabeça.

E eu no meio, olhando-me no espelho, com as asas transparentes a balançarem nas minhas costas.

Depois Viviana disse:

— Não se pode pintar o cabelo de uma criança.

— E por quê? — perguntou a minha mãe.

— Porque faz mal.

— Mal a quê?

— Mal a tudo! As tintas fazem mal. São tóxicas, não sabes?

— Mas ela não vai beber as tintas!

— Mas vai cheirar.

— Cheirar como? Vais pintar-lhe o nariz?

Então desatei a rir.

Lembrei-me de um palhaço, num espetáculo de Natal na Feira, que queria cheirar uma flor. Cheirou com tanta, tanta força que o nariz foi ficando maior,

maior, maior — até que rebentou, e de repente do ar começaram a cair flores de muitas cores, e as pessoas apanhavam as flores e toda a gente ria muito.

Na Feira às vezes havia palhaços.

E às vezes eu via-os também na televisão, mas a minha mãe não gostava que eu visse televisão.

— Faz mal aos olhos — dizia.

De resto, a televisão da Feira só se abria em dias especiais: quando havia jogo do Benfica, ou quando dava teatro e Mercúrio queria ver.

Mas nessa tarde só me lembrava do palhaço de Natal da Feira.

Se calhar eu ia cheirar a tinta azul e o meu nariz também começava a crescer, a crescer, a crescer, e acabava por rebentar, e do teto do cabeleireiro da Viviana também iam cair flores de muitas cores.

— Não saio daqui sem que lhe pintes o cabelo — repetiu a minha mãe. — É a minha prenda de anos.

Mais uma vez, Viviana ainda tentou fazê-la mudar de ideias:

— Por que não lhe dás... sei lá... uma Barbie? Um Nenuco?

— Pinta-lhe o cabelo de azul.

— E se a veem?

— Claro que a veem! O que eu quero mesmo é que todas as pessoas a vejam! Se não a vissem, para que queria eu que lhe pintasses o cabelo de azul?

— Se Elas a veem... Já pensaste?

— Ralada.

— Ouve: se Elas acharem que tratas mal a tua filha, sabes o que acontece, não sabes?

— Pintar o cabelo de azul não é tratar mal a minha filha.

— Para Elas, é.

— Pinta-lhe o cabelo de azul.

Viviana ainda fez uma última tentativa:

— Daqui a meia hora fecho o salão. É de lei. E se não fechar, posso apanhar multa.

— Então despacha-te — disse a minha mãe. — Tens meia hora para lhe pintares o cabelo de azul.

Viviana suspirou, encolheu os ombros, e não teve outro remédio senão ir preparar as tintas.

A minha mãe foi para junto dela.

— É a minha prenda de anos.

— Já me disseste... — murmurou Viviana, enquanto enfiava umas luvas de borracha.

— Quero que ela se lembre sempre deste dia.

Então a minha mãe começou a falar como se estivesse no palco, a meio de uma peça qualquer.

— Um dia ela há-de dizer: quando fiz dez anos, a minha mãe pintou-me o cabelo de azul. Nunca se há-de esquecer deste dia. Hoje não me posso dar ao luxo de lhe oferecer um brinquedo qualquer, como uma mãe qualquer. Hoje não posso ser uma mãe qualquer. Hoje tenho de ser a mãe de que ela se há-de lembrar sempre. A mãe que mandou pintar-lhe o cabelo de azul. Como a uma princesa de conto de fadas. Hoje não lhe posso dar uma prenda que ela esqueça quando for mais velha. Este dia tem de ser especial. Muito especial. Porque não vai haver nenhum outro igual a ele. Por isso ela há-de dizer sempre: "Um dia a minha mãe pintou-me o cabelo de azul e eu fui princesa. Por um só dia. Mas fui princesa. No dia em que fiz dez anos".

Fez uma pausa (eu quase esperei que alguém desse palmas) e depois acrescentou, muito baixinho:

— É tempo de preparar as despedidas.

Viviana até ia deixando cair ao chão a mistela azulada, que mexia com um pincel dentro de uma tigela:

— Isso é de alguma peça nova que estão a ensaiar? Não me digas que Branca-a-Brava também entra, e que é por isso que tem de ter o cabelo azul? Ai, minha Nossa Senhora, o Mercúrio quando começa com as suas maluqueiras de teatro à moderna tem cada ideia!

A minha mãe abanou a cabeça:

— Mercúrio não tem nada a ver com isto. Só eu.

— Não estou a perceber nada.

— Hás-de perceber. Mas, por agora, pinta-lhe o cabelo de azul. Tens meia hora para fazeres da minha filha uma princesa. Nem que seja só hoje. Mas princesa.

O resto da tarde foi passada em silêncio.

De vez em quando a minha mãe metia a mão por um dos imensos bolsos das calças, tirava o frasco de comprimidos, abria-o e engolia muitos de uma vez.

Viviana suspirava e abanava a cabeça. Mas também não dizia nada.

Até eu parecia muda, olhando para o espelho a ver o meu cabelo castanho transformar-se em azul, e sem entender as palavras da minha mãe.

Quando as entendi, já era tarde demais.

18

Nunca serei capaz de esquecer aquele cheiro.

Eu, que vinha de um lugar onde todos os cheiros se misturavam — tintas, óleos, vernizes, pó de arroz, cremes, desinfetantes, refogados, detergentes, já para não falar das tintas e das anilinas e das lacas e dos perfumes do Salão Princesa —, nunca tinha sentido um cheiro assim à minha volta.

A naftalina, as folhas secas, a poeira desprendendo-se dos objetos.

Assim como nunca serei capaz de esquecer as palavras da velha de cabeleira cinzenta que Elas me apresentaram como sendo a minha avó — olhando-me:

— E quem me garante que não se trata de mais um esquema da Maria Augusta, depois destes anos todos?

Claro que eu não esperava grandes declarações de amor, grandes abraços, grandes gritos de alegria.

Não esperava o vitelo morto para servir ao jantar, pelo regresso da neta pródiga que eu era — como na peça que na Feira se representava na semana da Páscoa.

Não esperava foguetes nem a família reunida na sala. Afinal ninguém ali me conhecia de lado nenhum. Mas esperava, pelo menos, um beijo rápido, de raspão, a despachar, pois-sim-para-que-me-deixes. Mas beijo, apesar de tudo. Daqueles que Merenciana dava na missa a toda a gente.

Até A-Mais-Velha se admirou.

— Esta criança é sua neta. Temos aqui a papelada toda. Está tudo em ordem. Não vejo esquema nenhum nisto... A criança não tem mais ninguém além da senhora.

A-Mais-Nova tentou esclarecer melhor o assunto:

— Quer dizer, tem um pai, evidentemente, mas, tanto quanto sabemos, encontra-se em parte incerta.

— Pois... — murmurou a velha. — Quando os problemas aparecem, os pais normalmente encontram-se sempre em parte incerta... E é então que descobrem os avós... É então que somos precisos.

Não aguentei mais e disparei:

— Eu não preciso de avós! Elas é que acham que eu preciso de avós, porque Elas estão sempre a achar que eu preciso de muitas coisas. Mas não preciso de avós, nem preciso de pai, nem preciso de ninguém. A minha mãe está na Feira, não tarda a entrar em cena com Marta-a-Mansa. E também tenho o Mercúrio, e o Diabo, e o Serafim, e a Merenciana, e a Teodora, e o Tempo, que tratam todos muito bem de mim! E tenho que me ir embora porque a Justina vai precisar de mim para cantar o *Filho Adotivo*, e esta noite vou ser virgem ao fundo do palco, o Mercúrio prometeu que me deixava, e...

— Mas que confusão vai nesta cabeça... — murmurou a minha avó.

Elas queriam despachar-se.

Iam ver-se livres de mim para sempre, e só isso já lhes fazia nascer um levíssimo sorriso na cara.

— Então, ficam aqui os documentos todos da criança, e nós depois telefonamos a marcar um dia para acertarmos tudo legalmente.

Fechou-se a porta.

Durante alguns momentos ficamos as duas a olhar uma para a outra.

Eu e a minha avó.

Em silêncio.

Depois ela perguntou:

— Chamas-te então...

— Branca-a-Brava — respondi, muito baixinho.

— O quê?!

Sobressaltada, a minha avó olhou logo para os documentos que Elas lhe tinham entregue, mas depois respirou fundo:

— Vá lá... Por esta vez teve algum juízo...

E voltando-se para mim, como se me estivesse a dar uma novidade:

— Chamas-te Branca. É o que está aqui na tua cédula. Por momentos pensei que aquela louca te tivesse mesmo dado um nome também louco... Agora as crianças têm cada nome, Santo Deus... Mas não... Branca... Vá lá... Não se pode dizer que seja um nome de que gosto muito mas, pelo menos, é um nome normal.

Parou por momentos, e acrescentou:

— Não nos envergonha.

E, em voz forte, chamou:

— Natália! Leve as coisas da menina Branca para o quarto de hóspedes.

E para mim:

— É onde vais ficar. E trata de não partires nada nem sujar nada. Não estou habituada a crianças. Não gosto de barulho, e nunca tive paciência para histórias. Nem sequer quando...

Parou por breves segundos, e chamou novamente:

— Natália!!

Voltou a olhar para mim.

— O que eu quero dizer é que há quase trinta anos que não há crianças nesta casa. Faz com que eu não me arrependa de te ter aberto a porta.

Deu meia-volta e saiu, mesmo na altura em que chegou Natália.

Natália pegou na minha mala — a mala que Justina me tinha dado, dizendo "tinha-a guardado porque a gente nunca sabe quando pode aparecer um empresário a querer contratar-nos para o estrangeiro e é preciso estar preparada... Mas tenho tempo de comprar outra!" — e disse:

— Vem, vou-lhe mostrar seu quarto!

Sorriu e acrescentou:

— É a primeira vez que aqui entra uma criança!

Natália era brasileira.

Natália pronunciava "vêiz".

Tal qual Justina me ensinara no *Filho Adotivo*.

Não consegui aguentar mais e desatei a chorar.

Chorei até não poder mais.

Chorei até adormecer.

19

Não sei quanto tempo dormi.

Mas sei que a minha mãe estava ao lado da minha cama e me fazia festas no cabelo.

E dizia:

— És a minha fada.

E eu agarrava-me a ela e chorava, chorava, lembro-me de chorar muito e de perguntar:

— Mas por que é que não te salvei? Tu sempre disseste que as fadas existiam para salvar as pessoas! Eu devia ter-te salvado! Devia ter tratado melhor de ti! Devia ter-te protegido! Por que é que não te salvei? Que rituais é que me esqueci de cumprir?

E ela continuava a fazer-me festas no cabelo, e murmurava:

— És a minha fada e salvaste-me.

E depois o público batia palmas e gritava:

— Viva Branca-a-Brava!

Viva Branca-a-Brava!

Viva Branca-a-Brava!

E ela dizia-me:

— Agradece! São para ti estas palmas, porque me salvaste!

E a minha mãe tinha umas asas enormes de cartolina, forradas de tule, e o Serafim puxava por ela,

— Branca-a-Brava, tás mais magra!

— E tu tás mais parvo!

e, enquanto subia, ia olhando para mim e repetindo

— És a minha fada!

até que acabava por desaparecer pelo céu azul do teto.

Quando acordei, nem sabia onde estava.

Procurei a mulher de chapéu no cartaz vermelho da *Cocaína*, que sempre velara pelo meu sono — mas em seu lugar encontrei o quadro de uma galinha morta em cima de uma mesa, com umas maçãs ao lado.

Tinha a certeza de que nunca seria capaz de conversar com uma galinha morta como conversava com a mulher de chapéu de abas e com todos os outros velhos atores que forravam as paredes do quarto onde eu dormia com a minha mãe na Feira.

Também não havia mais nenhuma cama ao lado da minha.

Nem colchões no chão.

Tive a certeza de ter entrado num país que não era o meu.

Olhei em volta, mas não me lembrava de ter visto nada daquele quarto antes de adormecer.

Lembrava-me só de Natália ter aberto a porta.

Mas de certeza que ela tinha falado comigo, tentado animar-me.

De certeza que ela tinha aberto a mala de Justina e de lá tinha tirado o pijama que eu agora vestia.

Possivelmente teria olhado para ele e abanado a cabeça.

Porque nada daquilo condizia: a parte de cima era uma velha *T-shirt* com o emblema do Benfica, que Mercúrio me tinha dado num Natal e já quase não me servia; e as calças eram de flanela aos quadrados castanhos e pretos, feitas de uma saia que a minha mãe usou anos a fio até ao dia em que, caminhando pelo palco fora, dizendo para Marta-a-Mansa

"Se eu soubera quem ele era
fizera-lhe bom partido:
que me levara o marido
e quanto tenho lhe dera,
o toucado e o vestido"

— de repente começou com um dos seus ataques de frio que nada conseguia parar.

E as mãos agarradas à saia — como Mercúrio lhe ensinara que fizesse naquela cena — tremiam tanto, tanto, que a flanela, já com muito uso, não aguentou e fez um rasgão de alto a baixo.

Mas como na Feira havia sempre muito pouco dinheiro, era preciso aproveitar tudo.

Mas se calhar Natália nem tinha dado por isso.

Devia ter-me enfiado na cama e saído do quarto.

Nem disso eu me lembrava.

Doía-me a cabeça.

Doía-me o corpo.

Doía-me a falta da minha mãe.

Doía-me a falta de toda a gente.

Doía-me a falta das asas e do cabelo azul.

Sentei-me na cama e nem sequer sabia em que dia estava.

Sabia apenas que aquele não era o meu lugar.

20

Foi então que Natália entrou de repente no quarto e disse:

— Puxa, minina, que cê devia vir cansada mesmo! Nem jantou ontem!... Tá com fome?

Não conseguia falar.

— Que é que cê quer comer?

Tentei responder, dizer uma palavra que fosse, mas não fui capaz, aquela era a língua estrangeira que se falava no país estrangeiro para onde me tinham levado, para viver com estrangeiros que não conhecia de lado nenhum.

— Quer que eu faça mingau para você?

Queria que ela se calasse, que me deixasse sozinha, que não quisesse ser minha amiga, porque eu não queria ser amiga dela, eu não queria ser amiga de ninguém, eu queria a Justina, eu queria a Viviana...

— Eu quero a minha mãe... — murmurei muito baixinho, a voz a doer-me na garganta, como quando eu tinha muita tosse, e a Teodora me dava leite quente com mel.

Natália parecia não me ter ouvido.

— Sua avó já saiu. Mas disse que a deixasse dormir. Eu deixei mas...

— A minha mãe?

— ... já tava ficando tarde, né? Faz mal juntar café da...

— A minha mãe?

— ... manhã e almoço!

Gritei:

— Quero a minha mãe!

Natália até estremeceu:

— Minina, não grita desse jeito que me dá um treco! Quer um copo de leite?

— Não quero leite, não quero café, não quero nada, quero a minha mãe!

Natália ficou a olhar para mim em silêncio.

Depois suspirou e disse:

— A sua mãe...

— A minha mãe! Vai chamar a minha mãe!

— Mas o que é que cê tá dizendo? Sua mãe morreu, cê sabe... É muito triste a gente perder a mãe da gente, mas não há nada a fazer, é o destino, sei lá...

A sua mãe morreu.

Pela primeira vez eu ouvia esta frase: a sua mãe morreu.

De repente caíam em cima de mim todas as lembranças daquele dia na Feira — ontem? há uma semana? há um ano? sonhei? —, eu a perguntar por que é que a minha mãe não respondia, por que é que a minha mãe estava tão pálida, e toda a gente a fazer-me festas, e toda a gente a dizer coisas sem sentido.

— Veio um anjo e levou-a... — disse Teodora.

Mas eu sabia que ela estava a mentir. Porque, se um anjo tivesse levado a minha mãe, ela não estava ali, deitada naquela espécie de caixa.

Se um anjo tivesse descido do céu para a levar, ela tinha desaparecido com ele. Como a Merenciana desaparecia, na peça da menina morta.

Justina fazia-me muitas festas, e garantia que a minha mãe estava a dormir.

— E por que é que não está na cama dela? E quando é que acorda?

— Deixa-a dormir agora... — murmurava Justina, como se não a quisesse despertar —, ela estava muito cansada...

Eu sabia que a minha mãe estava sempre muito cansada, mas era mesmo por estar sempre tão cansada que ela não era capaz de adormecer.

"Dói-me tudo o que é osso, e tudo o que não é", exclamava ela muitas vezes, antes de abrir o frasco de comprimidos que lhe garantiam algum sossego.

— A tua mãe ficou a dormir... — repetia Justina.

— Às vezes as pessoas adormecem e não têm forças para acordar... — murmurava Marta-a-Mansa.

Estremeci.

E se um dia eu estivesse muito cansada?

Podia adormecer e não acordar nunca mais?

E quando a gente se deitava à noite, como é que se sabia se se acordava no dia seguinte ou não?

E o que é que se fazia, quando não se acordava nunca mais?

Como é que se passava o tempo, quando não se acordava nunca mais?

E onde é que se ficava, quando não se acordava nunca mais?

E ao pé de quem?

— Está no paraíso — disse então Teodora.

— Onde é o paraíso? — perguntei.

Mas ninguém me respondeu.

E depois a caixa fechou-se, e só me lembro do cheiro das flores, do cheiro das velas, e de Amâncio Canito a lamber-me as mãos.

Não me lembro de mais nada.

Ou lembro — mas como se estivesse a ver um filme: tudo a acontecer longe de mim, eu a olhar para as pessoas, e as pessoas a olharem para mim e a afastarem-se, e a dizerem adeus, e eu sem entender por que é que elas se despediam de mim, e para onde é que elas iam, e onde é que eu ficava.

— É preciso tocar a vida pra frente.

A voz de Natália.

("A sua mãe morreu.")

— Quer comer alguma coisa? Cê deve estar cheia de fome! Desde que chegou, cê inda não tocou em comida...

A voz de Natália.

("A sua mãe morreu.")

— Eu levo você à cozinha e cê vê o que há na geladeira.

A voz de Natália.

("A sua mãe morreu.")

Senti o braço dela a envolver-me as costas, a dirigir os meus passos através deste país estrangeiro em que subitamente tinha caído.

— E depois vou-lhe mostrar a casa — disse ela.

Como se me dissesse:

— Vou-lhe mostrar o palácio.

Ou:

— Vou-lhe fazer a visita guiada do museu.

Quando vamos a um país estrangeiro, queremos sempre visitar os palácios e os museus.

Pelo menos era o que dizia Mercúrio, que tinha ido uma vez à Iugoslávia numa excursão dos Correios.

Saí do quarto com ela.

Consegui beber um copo de leite.

Consegui não pensar na minha mãe.

Consegui falar.

— Obrigada...

Tinha aterrado sabe-se lá onde.

Se calhar, quando abrisse a porta de um móvel, era bem capaz de encontrar lá dentro um ET a querer, como eu, desesperadamente, falar para casa.

Mas o que é que a palavra "casa" quereria agora dizer?

— Vamos... — disse Natália, levando-me por corredores e escadas e salas e quartos.

E, de repente, reconheci tudo aquilo de que a minha mãe falava, quando falava do inferno.

As janelas fechadas.

A poeira a pairar na penumbra das salas.

Os quadros de animais mortos e de flores secas.

As carpetes sobre o chão. E uma até na parede — e não devia ser para esconder manchas de umidade, ou rachas de terramotos antigos.

Televisão na sala, na casa de jantar, até no quarto de hóspedes, onde eu dormia.

— Televisão na cozinha, Natália?! — espantei-me.

— E no meu quarto, que cê inda não viu! — exclamou ela, acrescentando de imediato: — E me chama de Talita, como todo o mundo.

— Ela chama-te Natália...

— "Ela" é a sua avó... Melhor não falar "ela", viu?

— A minha avó...

— Tá vendo? Não custa nada...

Sorriu e acrescentou:

— A sua avó é minha patroa, não é todo o mundo.

— Quem é todo o mundo?

— Quem eu quero que seja. Mas agora venha ver o resto.

Corredores, escadas, madeiras nas paredes — e mármores.

Mármore nas duas estátuas junto da porta da entrada.

Mármore no tampo das mesas da sala.

Mármore nas casas de banho.

Nas quatro casas de banho.

Então percebi que devia ter sido por causa das quatro casas de banho que Elas me tinham tirado da Feira para me entregarem à minha avó.

Eu ia ser, de certeza, muito feliz.

Ninguém pode ser infeliz numa casa onde há quatro casas de banho.

21

E devo ter sido muito feliz, com certeza, porque Elas nunca mais apareceram na minha vida.

Nem quando eu fugia de casa.

Nem quando tu apareceste e me reclamaste.

Recordo-as nessa tarde, entregando-me nas mãos da minha avó, olhando para a papelada e respirando bem fundo, com a sensação do dever cumprido: eu tinha finalmente todas as condições para o meu pleno desenvolvimento intelectual e físico, estava longe dos loucos, numa família bem estruturada, com todos os parâmetros e requisitos necessários, que não me deixava mexer em tesouras, que não me deixava sozinha e à solta no meio de um pátio que dava para a rua. E que, mesmo com as quatro casas de banho, de certeza só tomava duches para poupar água.

Famílias dessas são sempre famílias muito felizes.

Mas nunca pensei que ser muito feliz custasse tanto.

Eu nunca falava da Feira.

Não fazia de propósito, juro que não fazia.

Mas se calhar era a maneira que eu tinha de me defender.

Eu sei que as coisas não desaparecem só porque não falamos nelas. Mas ficam mais longe, doem menos.

Como se uma fronteira me separasse do país que tinha sido o meu.

Como se o pano tivesse caído, e o espetáculo tivesse acabado.

Quando às vezes, por qualquer motivo, aparentemente banal — um som, um cheiro, Talita a trautear uma cantiga, uma qualquer palavra que alguém atirasse para o ar —, a memória ameaçava fazer-me voltar a esses tempos, eu abanava a cabeça, como se assim os pudesse afugentar para o fim do mundo.

Uns dias depois de ter chegado a sua casa, a minha avó levou-me ao médico.

O Diabo tinha feito o mesmo ao Amâncio Canito, quando ele ficou a viver conosco.

— Quero saber se tem pulgas, sarna ou qualquer coisa má — tinha ele dito.

— Quero saber o estado em que ela vem, Senhor Doutor! — disse a minha avó.

O que era praticamente a mesma coisa, mais pulga menos sarna.

Acrescentando, depois de um prolongado suspiro:

— Veja lá o que havia de me cair no colo a uma altura destas...

Ouvi a palavra "colo" e estremeci.

Que saudades eu tinha de um colo.

Mas logo me recompus.

Eu agora já não era criança. Eu agora não podia ter saudades de colo.

"Tocar a vida pra frente", dizia Talita.

— Até lhe vai fazer bem... — disse o médico sorrindo. — Vai ver como se sente mais nova!

Parou por brevíssimos segundos e emendou imediatamente:

— Não quer dizer que a senhora seja velha, não é isso... Mas uma criança em casa é logo outra alegria!

— É uma responsabilidade. Isso é que é. Uma responsabilidade e trabalhos a dobrar. Mas os filhos só servem mesmo para nos dar trabalhos.

— Pois é... Há um escritor americano... não me lembro agora o nome, que eu não sou nada bom para nomes... mas sei que é um desses muito conhecidos, que disse: "Se eu soubesse como é bom ter netos, tinha-os tido logo, em vez dos filhos..."

O médico bem queria animar um pouco o ambiente, mas a minha avó pareceu não achar grande graça.

— Eu trouxe-a para o Senhor Doutor ver o que é que ela precisa de tomar. Tratada ao deus-dará, deve ter falta de vitaminas, de ferro, de cálcio, sei lá... de tudo!... Aquela gente com quem ela vivia... As assistentes sociais contaram-me coisas de pôr os cabelos em pé. Nem imagina!... Um bando de saltimbancos... Uma casa sem condições nenhumas... Acho mesmo que toda a gente se drogava... Uma desgraça, Senhor Doutor... Eu e o Major sempre demos tudo à nossa filha, sempre a educamos no respeito dos valores e da decência. Mas a Maria Augusta foi sempre uma desnorteada. Tinha de acabar como acabou.

E em voz muito mais baixa:

— Sim, porque por mais que me digam que foi um engano, que ela misturou sem querer os frascos, e mais não sei o quê... a mim ninguém me tira da cabeça que aquela morte, assim, de repente...

O médico tossiu levemente e apontou para mim:

— Cuidado, Sra. D. Laura...

A minha avó encolheu os ombros e por momentos calou-se.

Mas bem podia ter continuado a falar, que eu nem ouvia nada do que ela dizia.

O médico ia-me examinando e eu estava longe, muito longe, por isso tudo o que ela dizia eram apenas sons, muitos sons, uma estranha música de fundo, como aquele barulho indistinto que se ouve quando vamos nas ruas — mas na minha cabeça os sons não se encaixavam, as palavras não se formavam, e tudo me passava de lado.

Entrei muda e saí calada.

Nem sequer abri a boca quando a minha avó me ordenou:

— Dá as boas-tardes ao Senhor Doutor, Branca!

O Senhor Doutor fez-me uma festa na cabeça e disse:

— Deixe-a, Sra. D. Laura, dê tempo ao tempo!

A minha avó suspirou:

— É uma verdadeira selvagem.

Fez uma pausa.

E depois, enfiando a boca quase pelo ouvido dele, segredou:

— O Senhor Doutor sabe que, aqui há uns tempos, a miúda andou com o cabelo pintado de azul?

O Senhor Doutor fez um ar de enorme espanto mas não disse nada.

Olhou apenas para o relógio, a sala de espera ainda estava cheia de gente, a que horas iria chegar a casa...

— Eu digo-lhe, Senhor Doutor, se ela me tem aparecido nessa figura, eu não a tinha recebido! Ai não tinha não!

— Fez uma boa ação, Sra. D. Laura, e isso é que interessa! O Sr. Major deve estar muito orgulhoso de si, esteja ele onde estiver!

A minha avó deu uma leve risada.

Ou o mais parecido com isso.

Um riso igual ao que Mercúrio um dia obrigara Merenciana a fazer, no meio de uma peça, dizendo:

— A isso chama-se uma casquinada!

E toda a gente riu muito com essa palavra, e fizemos a vida negra à pobre da rapariga, todos os dias a perguntarmos "então, Merenciana, já casquinaste hoje?"

Mas na boca da minha avó a casquinada não tinha graça nenhuma.

Ela encolheu os ombros e disse apenas:

— Deve estar nalgum sítio onde o álcool não falta...

— Não me parece que no céu haja álcool, Sra. D. Laura...

— Também não me parece que ele esteja no céu, Senhor Doutor... — exclamou a minha avó, saindo finalmente do consultório.

Até casa, nenhuma de nós disse mais nenhuma palavra.

22

Um dia, ao fim do jantar, perguntei à minha avó quando é que ela me podia levar à Feira.

— Nunca vou a essas coisas — respondeu ela. — A Natália é que faz as compras da semana. E vai sempre ao hipermercado.

— Não é essa feira, avó — murmurei.

— Não há outra — rematou ela. — Acaba o que tens no prato e depois vai para o quarto fazer os trabalhos de casa.

Era o sinal de que não queria mais conversas — e as nossas palavras eram então substituídas pelas palavras dos locutores da televisão, dando conta das fábricas que fechavam, dos acordos que se desfaziam, das pontes que caíam, da chuva que inundava as casas, dos mortos nas estradas, nas guerras e nos atentados.

Aos domingos, raramente via a minha avó.

Levantava-se tarde, ia à cozinha tomar um café, e depois enfiava-se no quarto, donde nunca voltava a sair.

Eu ouvia às vezes o barulho das vozes na televisão do quarto dela, às vezes sentia-a desligar o aparelho, e então caía na casa um silêncio que até me rebentava os ouvidos.

Talita também saía.

Eu ficava com a casa para mim.

Sem saber o que fazer com a casa.

Subia as escadas, descia as escadas, ouvindo o eco dos meus passos.

Entrava nos quartos sem ninguém, abria gavetas vazias, e armários vazios, mas de nenhum deles me saía a figura acastanhada do ET.

Passava a mão pelas colchas das camas onde ninguém dormia e por isso nem lençóis tinham.

Ia até à cozinha, abria o frigorífico, fechava o frigorífico.

Mas onde mais gostava de entrar era no antigo escritório do Sr. Major, a que a minha avó chamava "a nossa biblioteca", embora lá não houvesse muitos livros, e os que havia estavam em prateleiras muito altas, e eram muito velhos, deviam ter muito pó e não dava vontade nenhuma de os ler.

Havia muitas garrafas de vidro nas prateleiras, e muitas caixas de charutos que ele não tinha tido tempo de fumar, e ainda bem, porque, se tivesse fumado aquilo tudo, o mais certo era ter morrido ainda mais cedo.

Havia muitos mapas emoldurados nas paredes, como se fossem os cartazes da Feira, ou fotografias, ou quadros. Mapas muito antigos, de países que se calhar já nem existiam hoje mas que tinham existido no tempo dele.

Mercúrio tinha-me contado que havia países que, de um dia para o outro, acabavam. Ou mudavam de nome. Ou encolhiam.

— Por exemplo, se eu hoje quisesse voltar à Iugoslávia — dizia ele muitas vezes — não podia. Porque já não há Jugoslávia...

— Então há o quê? — perguntava eu.

— Sei lá... Eu hoje baralho o nome de todos esses países novos. Parece-me que aquilo se dividiu numa data deles... Sérvia, Croácia, Montenegro...

— Bósnia-Herzegóvina, Eslovênia e Macedônia — rematou logo Justina, que ia a passar.

— Caramba! — espantou-se Mercúrio. — Sabes muita geografia!

— Geografia não sei lá muita. Mas vejo o Festival da Eurovisão, onde eles aparecem todos!

A minha avó também devia ver sempre o Festival da Eurovisão, com tanta televisão espalhada pela casa.

Livros é que não havia lá muitos.

Se calhar por não haver livros é que ela não sabia o que era a Feira.

O mais certo era nem saber quem tinha sido Gil Vicente.

— Quando é que me pode levar à Feira?

Tinha eu perguntado naquele dia.

Mas não voltaria a perguntar.

Por isso, no domingo seguinte, fugi de casa.

Abri a porta muito devagar, para não fazer barulho, e sentei-me no banco de madeira, pelo meio dos carros estacionados e dos gatos à procura de comida.

A pensar na vida.

— Tá esperando o bonde?

A voz de Talita, mesmo atrás de mim.

Não sei que me deu.

Devem ter sido as saudades, a vontade de fugir para junto deles, aquele "bonde" subitamente recordado, eu sei lá, só sei que de repente olhei para ela e comecei a cantar

"você
já não pinta lá em casa
você
já não anda mais na linha
você
já não pega mais o bonde..."

tal qual Justina me tinha ensinado.

Talita abriu muito os olhos.
— Minina, coisa mais brega! Quem foi que ensinou isso a você? Minha nossa!
Não percebi se ela gostava, se ela não gostava.
Por isso arrisquei:
— Sei outra...

"Com sacrifício
eu criei meus sete filhos
do meu sangue eram seis
e..."

Talita levou as mãos à cabeça:
— Ó não! Música sertaneja?! Mas por onde andou você este tempo todo?
— Foi a Justina que me ensinou.
— E essa tal de Justina é do sertão?!
— É da Feira.
— Qual feira?
Desisti.
Talita não gostava do *Filho Adotivo*, Talita não gostava do *Bonde*, Talita nunca iria entender.
Então ela sentou-se ao meu lado, recostou-se no banco, estendeu as pernas e disse:

— Para mim, não há músicas como as da Adriana Calcanhotto. Sabe quem é?

Fiz que não com a cabeça, estava amuada demais para poder falar.

— Um dia ensino uma para você. Sabe que este ano ela fez um disco só de música para criança?

— Já não sou criança... — murmurei —, e não gosto de músicas para crianças.

— Destas cê vai gostar. Todo o mundo gosta.

— Eu não sou todo o mundo.

— É. Claro que é.

Ficou uns minutos em silêncio e depois comecei a ouvir a sua voz, um fio de música a acompanhar as palavras

> "vam' bora
> entre por essa porta agora
> e diga que me adora
> você tem meia hora
> pra mudar a minha vida..."

Depois calou-se.

— O meu sonho é ir um dia à televisão cantar com ela... — murmurou.

Depois ficamos muito tempo sem dizer nada.

Ela a olhar para as árvores, as pernas estendidas com os dedos dos pés a verem-se na biqueira dos sapatos abertos, a trautear

> "... você tem meia hora
> pra mudar a minha vida..."

— A Justina dizia que bastavam cinco minutos para a nossa vida mudar... — murmurei.

— Cê gostava muito dessa tal de Justina?

Não respondi.

Custava-me sempre muito dizer que gostava das pessoas. Como se tivesse vergonha das palavras.

Depois, de repente, endireitou-se no banco, olhou para mim muito séria, e perguntou baixinho:

— Cê ia fugir?

Não respondi.

Ela insistiu:

— Ia?

Acabei por olhar para ela e dizer que sim.

— Quer fugir junto? — perguntou.

Sorri, acenei com a cabeça, ela deu-me a mão e fugimos as duas.

23

Recordo tudo, absolutamente tudo, desse primeiro domingo em que fugi de casa.

A cor das folhas das árvores.

O vento a bater-me na cara.

O leite bebido no café de um centro comercial, num copo de vidro grosso, e baço da muita lavagem.

A saia verde que levava vestida. A blusa às riscas. O casaco que deixava passar o frio.

E sobretudo a voz açucarada de Talita:

— Fugir sozinha nunca tem graça. A primeira vez que fugi sozinha, minina!, ia morrendo... Tão sozinha que eu estava! Toda a minha família no Brasil... E eu aqui... Andava pelas ruas e não conhecia ninguém... Terrível... Até conseguir encontrar um trabalho e uma amiga, parecia que eu era a única pessoa sobre a terra.

Sorriu e acrescentou:

— Oiça bem o que eu tou-te dizendo: a gente só deve fugir junto com alguém!

Fugi muitas vezes de casa.

Assim que a minha avó se enfiava no quarto.

E sempre que Talita não tinha nada de muito importante para fazer ao domingo.

Fiquei a saber a vida dela, ela ficou a saber a minha.

Ela cantava Adriana Calcanhotto, eu cantava o *Filho Adotivo*.

Ela sabia de cor as novelas do Manoel Carlos, eu sabia de cor Gil Vicente.

Ela falava do morro, eu falava da colina onde antigamente as mulheres esperavam os marinheiros.

Ela tinha saudades de uma bela feijoada, eu tinha saudades dos croquetes do Vitorino.

Ela era do Flamengo, eu era do Benfica.

E um dia, de repente, a tristeza passou.

Porque não se pode viver triste para sempre.

Ninguém pode.

Não quer dizer que se comece a amar as pessoas de quem não gostamos.

Ou que se deixe de gostar das pessoas que amamos muito.

Ou que as esqueçamos.

Nada disso.

Acontece apenas que o nosso coração não foi feito para a tristeza. E por isso chega um dia em que descobrimos que já somos capazes de sorrir.

E chega outro em que já rimos.

E outro em que damos uma enorme gargalhada.

"Tocar a vida pra frente", como repetia Talita.

A minha avó não tinha mudado, estava apenas mais velha.

Não gostava de mim e eu não gostava dela.

Mas era um não gostar brando, civilizado, sem brigas, como se fôssemos hóspedes de um mesmo hotel, e nos encontrássemos na sala de jantar às refeições, e nos cumprimentássemos — e não tivéssemos nada que dizer uma à outra.

Eu tinha boas notas na escola.

Porque eu sabia que, se queria sair daquela casa e arranjar trabalho, tinha que ter boas notas.

— O mercado de trabalho tá bravo, minina! — dizia Talita muitas vezes. — Se você não for mesmo, mesmo muito boa a fazer qualquer coisa, todo o mundo te passa à frente!

E eu estudava, estudava, para ser mesmo, mesmo muito boa a fazer qualquer coisa.

Só ainda não tinha descoberto o quê.

— Tem tempo! Um dia cê descobre — dizia ela, acrescentando sempre: — Se eu tivesse estudado, hoje estava cantando com a Adriana Calcanhotto... Pode escrever...

Quando eu mostrava à minha avó as boas notas que tinha na escola, ela respondia apenas:

— Não fazes mais que a tua obrigação.

E habituei-me a não esperar dela mais do que aquilo que eu sabia que ela me podia dar.

No dia dos meus anos e no Natal dava-me dinheiro.

No Natal deixava-me ainda armar um presépio que eu tinha descoberto numa arrecadação ("mas depois quero tudo arrumado e limpo"); e nos meus anos, depois de me recordar a responsabilidade que representava estar mais velha, lá condescendia em levar-me a mim e a Talita ao cinema.

Nunca lhe ouvi dizer, a respeito de um filme, "gostei" ou "não gostei".

Nunca dizia nada.

Ao chegar a casa, antes de se enfiar pelo quarto dentro, murmurava:

— Já não se fazem filmes como antigamente.

A pouco e pouco o rosto da minha mãe esbatia-se na minha memória.

Eu queria recordá-la exatamente e já não era capaz.

Como era quando ria?

De que cor ficavam os olhos quando subia ao palco?

Quando as pessoas que amamos desaparecem da nossa vida, temos de aprender a viver sem elas.

E não importa que não continuem na nossa memória tal qual eram, o sinal que tinham no rosto, as rugas junto dos olhos, o jeito de andar, porque o importante é continuarem no nosso coração.

Donde não saem e onde não mudam nunca.

"Tocar a vida pra frente", dizia Talita.

Eu tinha aprendido a tocar a vida pra frente.

Por isso, quando me disseram que estavas na sala a falar com a minha avó, eu encolhi os ombros e continuei a fazer o que estava a fazer.

Não precisavas de ter vindo em meu auxílio.

Não esperes que mate o vitelo gordo.

Nem que te convide para o meu casamento.

Epílogo

Estão os dois sentados no velho café de bairro, com a telefonia em altos berros, e moscas poisando no tampo das mesas pouco limpas.

— Se a ASAE se lembra de cá vir... — murmura ele.

O café cheira a aguardente, a rebuçados para a tosse, a bolos da véspera, esfarelando-se nas mãos das velhas do bairro.

— Esta espelunca está na mesma...

— Podíamos ter ido a outro lado... — murmura ela.

— Não, deixa. Aqui estamos perto de tua casa.

Ela vai acrescentar que aquela não é a sua casa, que aquela nunca foi nem há-de ser a sua casa — mas trava a tempo, não fosse ele voltar com a conversa de há bocado.

Olha para ele e sabe que não tem nada para lhe dizer.

Que nunca há-de ter nada para lhe dizer.

— A tua avó disse-me que tens boas notas.

Ela ri.

Nunca se viram, é a primeira vez, em dezesseis anos, que se falam — e a única coisa que ele encontra para lhe dizer é

"a tua avó disse-me que tens boas notas"

— Pois tenho. E também tenho um MP3 cheio de músicas, e também tenho uma data de amigos no hi5, e também tenho...

Ele corta-lhe o discurso:

— Tens de perceber que esta não é uma conversa fácil para mim.

— E para mim, acha que é?

— Trata-me por tu.

— Só trato por tu as pessoas de quem gosto.

— Sou teu pai.

— Eu disse que só trato por tu as pessoas de...

— Eu ouvi.

— E acha que tenho razões para gostar de si?

Ele voltou a ficar calado.

A música continuava em altos berros.

— Acha que posso gostar de alguém que nunca me viu, de alguém que...

— Vi-te. Vi-te muitas vezes. E à tua mãe.

Ela parou.

E ficou em silêncio a olhar para ele.

À espera.

Como se aquele silêncio fosse a deixa que lhe dava.

Ele baixou os olhos, falava devagar e muito baixo, com a telefonia até custava a ouvir.

— Sabia onde vocês viviam...

— Sabia?

— Sabia. E houve uma altura em que vim a Portugal de férias, e fui lá muitas vezes. Assisti a muitos espetáculos. Acho que já sabia aquilo tudo quase de cor. Mas nunca fui capaz de ir ter com vocês. Às vezes saía do hotel e dizia "é hoje, é hoje que lhes vou falar, que lhes vou dizer que estou cá, que um dia destes até sou capaz de voltar para cá de vez, a Suíça já deu o que tinha a dar, é hoje que lhes vou pedir desculpa..." Mas depois não conseguia. Assim que as luzes se acendiam, fugia logo da sala, antes que a tua mãe me pudesse reconhecer. Era mais forte do que eu.

— A minha mãe já morreu há seis anos. Nestes seis anos nunca se lembrou de me vir ver?

Ele baixou de novo os olhos.

— A Segurança Social andou à minha procura. E eu tive medo que me dissessem que tinha de ficar contigo. Desculpa... Mas eu não tinha estrutura para ficar contigo.

— E agora já tem?

Ele sorriu:

— Agora é diferente. Voltei de vez, e já estás uma mulher.

— Até já posso casar.

— Que disparate é esse?

— Não é disparate nenhum, foi o que a minha avó me disse no dia em que fiz 16 anos: "Legalmente, já podes casar."

— Está a querer ver-se livre de ti?

— Se calhar. E não lhe levo a mal: eu também estou a querer ver-me livre dela. Estamos quites.

Ele olhou para o relógio.

"Será que alguém o espera?", pensa ela. "Será que tem mulher e filhos em casa?"

Durante a conversa que tinham tido em casa da avó ele não tinha tocado nesse assunto.

Tinha contado as suas aventuras e desventuras pela Suíça.

Tinha afirmado que se arrependimento matasse ele já estaria morto há muito — assim em jeito de telenovela de Manoel Carlos.

E tinha jurado que o que mais queria agora na vida era levá-la para a sua casa no Norte, e viverem juntos e felizes para sempre.

E ela não se lembrara de lhe perguntar nada.

Mas um homem não podia viver a vida inteira sozinho. Era bem possível que tivesse família numa qualquer casa de uma qualquer rua de uma qualquer cidade do Norte.

— Daqui a meia hora apanho o comboio, mas não precisas de decidir já... — disse ele.

— Decidir o quê?

— Se vens viver comigo. E quando. Mas é evidente que em meia hora não se decidem essas coisas, não se muda de vida assim com essa facilidade.

— Às vezes até bastam cinco minutos, dizia Justina.

— Quem?

— Ninguém. Esqueça.

Ela esteve para lhe responder que não tinha estruturas para ir viver com ele para uma cidade desconhecida, mas calou-se.

Estava quase a ter pena dele.

— Toma — disse ele, passando-lhe para as mãos um telemóvel. — A tua avó é muito contra estas coisas, mas eu acho que é impossível uma rapariga de 16 anos viver sem telemóvel.

— Também acho. É muito mais difícil sobreviver sem telemóvel do que sobreviver sem pai.

Ele suspirou fundo e fez que não entendeu. Estava com pressa, não ia entrar em discussões desnecessárias.

— Já te gravei o meu número na memória. Quando precisares, liga.

— Quando precisar, ligo.

— Assim, é como se eu estivesse mesmo ao teu lado...

— Claro... É exatamente como se estivesse ao meu lado.

Ele levantou-se, pagou a despesa, e saíram.

A casa ficava mesmo em frente, ela iria a pé.

Ele apanhou um táxi para a estação.

Disse-lhe adeus, repetindo

"quando precisares, já sabes!"

Ela ficou a olhar para o carro, até que ele desapareceu ao fundo da rua.

Depois correu para casa

abriu a porta,

atravessou o corredor,

entrou no quarto,

abriu a gaveta,

encontrou a agenda.

Teclou o número no telemóvel.

Talita estava cheia de razão: se ela não fosse mesmo, mesmo muito boa a fazer qualquer coisa, todo o mundo lhe passava à frente.

Era tempo de ser mesmo, mesmo muito boa a fazer aquilo para que tinha nascido.

De tocar a vida pra frente.

O telefone está a tocar.

Ainda ninguém atendeu, se calhar deixaram-no na cozinha e ninguém ouve, nunca sabem onde largam o telemóvel, ou se calhar estão todos no café do Sr. Nunes, ou no Top Menos.

Ela espera.

Ela tem tempo.

Ela sabe que vai finalmente regressar a casa.

Principais obras da autora

Rosa, minha irmã Rosa (1979) • Este rei que eu escolhi (1983) • Viagem à roda do meu nome (1984) • Flor de mel (1986) • Os olhos de Ana Marta (1990) • Caderno de agosto (1995) • Bica escaldada (2004) • O casamento da minha mãe (2005) • Pezinhos de coentrada (2006) • Dois corpos tombando na água (2007) • A charada da bicharada (2008) • Tejo (com fotos de Neni Glock) (2009) • O que dói às aves (2009) • O que se leva desta vida (2011) • Os profetas (2011) • O livro da avó Alice (2011) • Os armários da noite (2014)

© 2010 Alice Vieira
Publicado por acordo com Editorial Caminho.

Editora
Renata Farhat Borges
Editora assistente
Lilian Scutti
Produção gráfica e diagramação
Carla Arbex
Assistente editorial
Hugo Reis
Consultoria literária, prefácio e glossário
Susana Ventura
Capa
Anna Cunha
Revisão
Valéria B. Sanalios

Dados Internacionais de Catalogação na Publicação (CIP)
Angélica Ilacqua CRB-8/7057

Vieira, Alice, 1953-
   Meia hora para mudar a minha vida / Alice Vieira. São Paulo: Peirópolis, 2014.
   160 p.

   ISBN: 978-85-7596-361-6

   1. Literatura infantojuvenil 2. Literatura portuguesa 3. Infância 4. Teatro 5. Vida na arte 6. Relações culturais – Brasil – Portugal
   I. Título

14-0878   CDD 028.5

Índice para catálogo sistemático:
   1. Literatura infantojuvenil

Editado conforme o Acordo Ortográfico da Língua Portuguesa de 1990.
1ª edição brasileira, 2015 – 1ª reimpressão, 2023
Disponível também na versão digital no formato ePub (ISBN 978-85-7596-562-7).

Editora Peirópolis Ltda. | Rua Girassol, 310f | Vila Madalena | 05433-000 | São Paulo/SP
tel.: (11) 3816-0699 | vendas@editorapeiropolis.com.br | www.editorapeiropolis.com.br

MISSÃO

Contribuir para a construção de um mundo mais solidário, justo e harmônico, publicando literatura que ofereça novas perspectivas para a compreensão do ser humano e do seu papel no planeta.

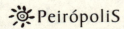

A gente publica o que gosta de ler:
livros que transformam.